Die Gletschermumie

MUSEO ARCHEOLOGICO DELL'ALTO ADIGE · SÜDTIROLER ARCHÄOLOGIEMUSEUM ·
GEFUNDEN · SCOPERTO

Gudrun Sulzenbacher

Die Gletschermumie

Mit **Ötzi** auf Entdeckungsreise durch die Jungsteinzeit

Mit Fotos von
Augustin Ochsenreiter

Wissenschaftliche Beratung
Angelika Fleckinger

Südtiroler Archäologiemuseum
Museo Archeologico dell'Alto Adige
South Tyrol Museum of Archaeology

Folio Verlag

Dank

Martin Andres, Sigmar Bortenschlager, Maddalena Braccesi, Luigi Capasso, Matthäus Desaler, Eduard Egarter Vigl, Markus Egg, Luis Egger, Maria Egger, Renato Fasolo, Pizzeria Feldheim, Brenda Fowler, Stefan Galler, Salon Hanni, Wulf Hein, Ernst Hofer, Günther Hofer, Hansjörg Hofer, Ariano Maestri, Tischlerei Helmuth Mahlknecht, Gerlind Mailler, Stephanie Mich, Massimo Morpurgo, Maria Oberrauch, Peter Oberrauch, Christine Ochsenreiter, Klaus Oeggl, Johannes Pan, Linde Pattis, Joris Peters, Joe Pfeifer, Andreas Putzer, Jean-Loup Ringot, Marco Samadelli, Alex Sanin, Gärtnerei Schullian, Wolfgang Sölder, Ester Solderer, Metzgerei Stampfl, Oswald Stimpfl, Gislar Sulzenbacher, Josef Sulzenbacher, Veronika Tauber
Umberto Tecchiati, Martin Zelger und das pädagogische Team des Südtiroler Archäologiemuseums haben auf verschiedenste Weise am Zustandekommen dieses Buches mitgewirkt – als begeisterte Steinzeit-Experten, als gewissenhafte Fachberater, als standhafte Models im Fotostudio, als engagierte Helfer bei der Literatur- und Bildrecherche und vor allem beim oft aufwändigen Suchen, Sammeln und Präparieren vieler Foto-Objekte wie z. B. taufrischer Blüten, wildwachsender Beeren, naturbelassenen Obstes, seltener Baumpilze, eingetrockneter Harzklumpen, glattgeschliffener Baumscheiben, amerikanischer Zeitschriften und unterschiedlichster Geräte.
Ihnen allen gilt ein besonderer Dank.

Südtiroler Archäologiemuseum
www.iceman.it

9., vollständig überarbeitete Auflage 2015

Grafische Gestaltung: no.parking, Vicenza
Druckvorstufe: Lanarepro, Lana; Typoplus, Frangart
Printed in Italy
ISBN 978-3-85256-654-2
www.folioverlag.com

Inhalt

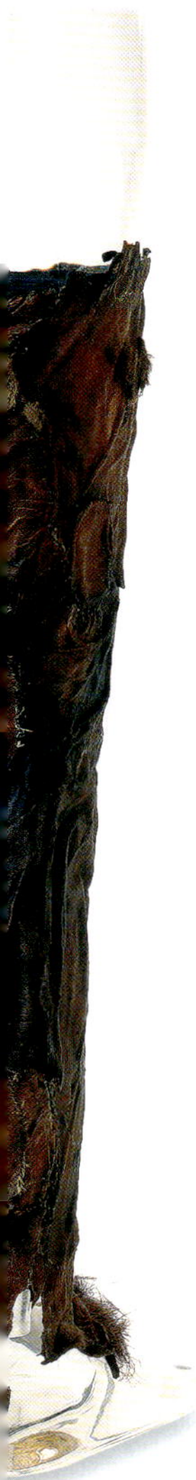

Der Jahrhundertfund

Vor etwa 5300 Jahren war ein Mann in den Ötztaler Alpen unterwegs, mit schadhafter Ausrüstung und ohne Proviant: In eisiger Höhe ereilte ihn der Tod. Unvorstellbar lange Zeit später wird er als gefriergetrocknete Mumie geborgen und unter dem Kosenamen „Ötzi" weltweit bekannt. Am 19. September 1991 gab das Gletschereis wieder frei, was es Jahrtausende konserviert hatte – nicht nur den Körper des Mannes, sondern auch seine Ausrüstungsgegenstände und Teile seiner Kleidung. Wäre Ötzi unterhalb der Gletscherregion gestorben, so wäre er nicht samt seiner Habe tiefgefroren worden. Tiere hätten ihn aufgefressen, und von seinem Besitz könnten wir heute bestenfalls die Geräte aus Kupfer und Feuerstein finden. So aber erzählen uns der gut konservierte Körper Ötzis sowie die einzelnen Teile seiner Ausrüstung vom Leben in der Jungsteinzeit – dies ist das Einzigartige am Fund der Gletschermumie.

DENKMAL
Heute markiert eine am Tisenjoch aufgetürmte, vier Meter hohe Steinpyramide den Fundbereich der Gletschermumie.

DIE ENTDECKER
Das Nürnberger Ehepaar Erika und Helmut Simon entdeckte beim Abstieg von der Finailspitze einen Leichnam. Sie hielten den Toten für einen zehn oder zwanzig Jahre zuvor verunglückten Bergsteiger.

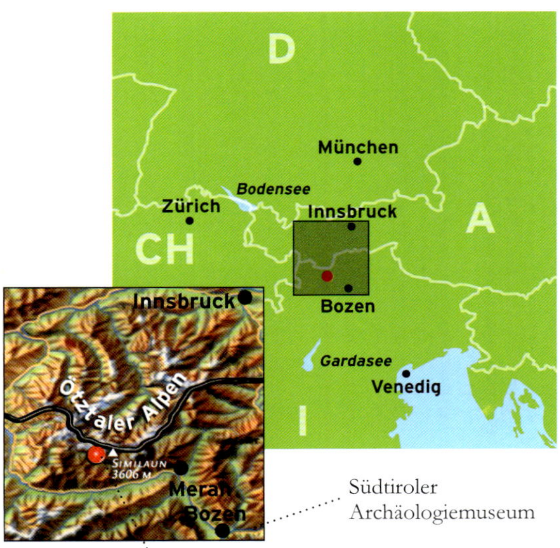

WO WURDE ÖTZI GEFUNDEN?
Der Mann aus dem Eis wurde in den Ötztaler Alpen, einem Gebirgszug zwischen Italien und Österreich, entdeckt. Er lag unmittelbar an der Staatsgrenze, erst Nachmessungen ergaben, dass sein Körper auf italienischem Territorium gefunden wurde.

UNFERTIG
Ötzis halb fertiger Bogen lehnte, sorgfältig gelagert und über Jahrtausende unverrückt, an senkrechten Steinplatten. Der untere Teil steckte noch einen halben Meter tief im Eis. Er wurde, da er sich nicht lösen ließ, einfach abgebrochen. Das restliche Bogenstück wurde erst bei der Nachgrabung im Sommer 1992 geborgen.

DER TOD WAR SCHNELLER
Rund 5 m von der Mumie entfernt lag Ötzis Köcher. Eben so, wie er vor über 5000 Jahren am steinigen Untergrund festgefroren war, kam er einen Tag nach dem Abtransport der Mumie wieder zum Vorschein. Die Versteifungsstrebe war in drei Teile zerbrochen. Das Mittelstück hatte man – als der Köcher noch im Eis verborgen lag – gemeinsam mit der Mumie geborgen. Demnach trug Ötzi dieses Bruchstück bei sich, um vielleicht den Köcher zu reparieren.

ERSTAUNLICH KLEIN
An Ötzis rechter Hüfte fand man einen kleinen Dolch, der in einer kunstvoll geflochtenen Scheide aus Bast steckte. Beide Gegenstände wurden bei der Bergung durch Pickelhiebe beschädigt. Die Dolchspitze war schon vorher abgebrochen.

DIE FUNDSTELLE
Ötzis eisige Grabstätte liegt auf 3210 m Höhe nahe dem Sommerweg von der Similaunhütte zum Tisenjoch, etwa 73 m unterhalb desselben. Weil das Tisenjoch auf amtlichen Karten nicht verzeichnet ist, wurde für die wissenschaftliche Bezeichnung der Gletschermumie die nächstgelegene geographische Bezeichnung gewählt: jungneolithische Mumie aus dem Gletscher vom Hauslabjoch. Dieses Joch liegt etwa 330 m von der Fundstelle entfernt und ist ein Übergang vom Ötz- in das Schnalstal.

EINE NORMALE „LEICHENSACHE"
Eine der ersten Aufnahmen der Mumie: Sie lag bäuchlings auf einer Steinplatte; das Gesicht war nicht zu sehen. Man glaubte zunächst, das Opfer eines Bergunfalles aus dem Jahr 1938 gefunden zu haben – anscheinend ein Routinefall für die Gerichtsmedizin.

SCHUHWERK
Der rechte Schuh des Mannes aus dem Eis ist besser erhalten; er befand sich noch am Fuß, als Ötzi geborgen wurde.

RUCKSACK DER JUNGSTEINZEIT?
Zusammen mit Pfeil und Bogen wurden mehrere Holzstücke, ein U-förmig gebogener Haselstock, Reste von Schnüren und Fell entdeckt. Insgesamt lassen diese Fundstücke auf eine Rückentrage schließen: Das Rahmengestell war vermutlich durch Schnüre zusammengehalten und mit einem Sack verbunden.

VOM KOPF GERUTSCHT?
Ötzis Mütze entdeckten Archäologen erst bei Nachgrabungen im Sommer 1992. Sie lag am Fuß jener Steinplatte, auf der Ötzi gelegen hatte. Der Kinnriemen war bereits vor Ötzis Tod gerissen.

FLACHGETRETEN
Ötzi führte zwei Behälter aus Birkenrinde mit sich. Eines der beiden Gefäße stand neben dem Kopf der Mumie und war bereits dem Ehepaar Simon aufgefallen. Zwei Tage danach wurde es zertreten.

DER SELTSAME PICKEL
Das einzige erhaltene Beil der Urgeschichte wurde zunächst für einen Pickel gehalten und bereits am Tag nach Ötzis Entdeckung von Gendarmen als Beweisstück mitgenommen. Nach der amtlichen Bergung der Mumie lieferte es entscheidende Hinweise für die Altersbestimmung des Mannes aus dem Eis.

Die Bergung

Am Tag nach der Entdeckung konnte noch niemand ahnen, welche archäologische Jahrhundertsensation sich hier anbahnen sollte und welchen Medienrummel diese nach sich ziehen würde. Der erste Bergungsversuch schlug fehl – der Unterkörper der Leiche war zu fest im Eis verankert. Der dabei eingesetzte Schrämhammer war wiederholt abgerutscht und tief in das Fleisch der Leiche gedrungen; bald ging dem Pressluftgerät der Strom aus. Erst vier Tage nach ihrer Entdeckung konnte die Leiche aus dem Eis befreit werden. Inzwischen gaben die Holzgeräte, Fellreste und Grasschnüre, die man im Umkreis der Leiche fand, immer neue Rätsel auf. Gerüchte kursierten, wonach der Tote eine Kopfwunde und am Rücken Brandmale habe, ja sogar gefesselt sei. Anzeige wurde erstattet: Die Gletscherleiche wurde ein Fall für Staatsanwaltschaft und Gerichtsmedizin.

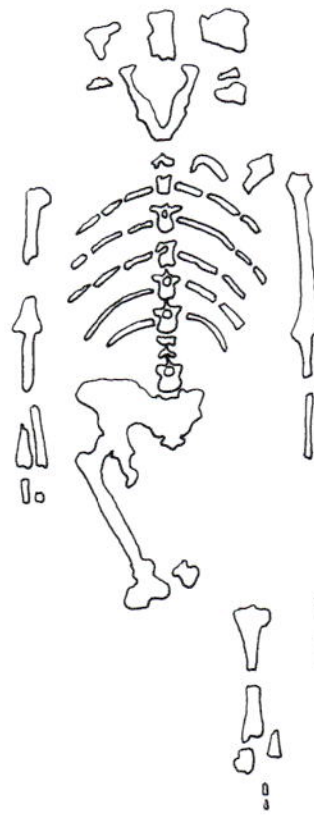

„ÖTZI" – EIN KOSENAME
In Amerika wird unsere Gletschermumie „Frozen Fritz" genannt, in Frankreich „Hibernatus". Weltweit aber hat sich „Ötzi" durchgesetzt: Ein Wiener Reporter prägte am 26. September 1991 diesen Namen. Kosenamen für Menschenfunde gibt es weltweit bislang nur zwei: Als 1976 in Äthiopien das drei Millionen Jahre alte Skelett eines weiblichen Australopithecus entdeckt wurde, taufte man es auf den Namen „Lucy" – im Kassettenrekorder lief gerade der Beatles-Song „Lucy in the sky with diamonds". Außerdem gibt es noch „Juanita", die Mumie eines 1995 in Peru entdeckten Inkamädchens mit dem offiziellen Namen „Ice Maiden".

ABTRANSPORT
Die Gletschermumie wurde mit einem Hubschrauber des österreichischen Innenministeriums nach Vent im Ötztal geflogen.

NACH DEM ERSTEN BERGUNGSVERSUCH
Am Freitag, den 20. September, war die Leiche um weitere 10 cm ausgeapert. Daraus ließ sich errechnen, dass sie etwa drei Tage vor ihrer Auffindung ans Tageslicht gekommen war.

VOR LAUFENDER KAMERA
Am Montag, den 23. September 1991, wurde die Gletschermumie endlich geborgen. Die Gerichtsmediziner der Universität Innsbruck waren ohne Bahre, Pickel und Schaufel zum Fundplatz geflogen, in der Meinung die Leiche sei bereits freigelegt. Sie war jedoch über Nacht wieder eingefroren. Mithilfe des Eispickels und Skistocks eines Bergsteigers wurde Ötzi aus dem Eis gelöst – eine Szene, die weltweit Aufsehen erregte. Ein Team des österreichischen Fernsehens hatte nämlich die Bergung gefilmt und damit auch eine wichtige Dokumentation gesichert – es war ja kein Archäologe herangezogen worden.

REGER BETRIEB
Am Wochenende vor der Bergung suchten viele Schaulustige den Fundort auf. Sie pickelten, fotografierten und nahmen sogar Fundgegenstände mit. Die berühmtesten Besucher waren die beiden Extrembergsteiger Reinhold Messner und Hans Kammerlander. Alois Pirpamer, der Vater des Wirtes der nahe gelegenen Similaunhütte, legte die Leiche für den bevorstehenden Abtransport frei.

Die Similaunhütte im Sommer 1992

STEIF UND SPERRIG – KNACKS!
Bei der Freilegung der Mumie kamen zahlreiche Leder- und Fellreste, Schnüre, Riemen und Heubüschel sowie ein Dolch mit Feuersteinklinge und Holzgriff zum Vorschein. Leichnam und Beifunde wurden in einen Plastiksack verpackt und mit dem Hubschrauber nach Vent im Ötztal geflogen. Dort legte man den Toten in einen Sarg – dabei wurde Ötzi wohl der linke Arm gebrochen – und überführte ihn im Leichenwagen ins Gerichtsmedizinische Institut der Universität Innsbruck. Er erhielt das Aktenzeichen 91/619, Leichensache Hauslabjoch.

MUMIE ALS MEDIENSTAR
Der Mann aus dem Eis machte eine beispiellose Medienkarriere. Journalisten bestürmten die Wissenschaftler, Zeitungen überboten sich weltweit in Spekulationen über das Leben und Sterben des Gletschermannes. Ein Fernsehjournalist versuchte gar nachzuweisen, dass Ötzi eine ägyptische oder peruanische Mumie sei, die ein Spaßvogel am Hauslabjoch deponiert habe.

Österreichischer Gendarm und italienischer Zollbeamter

92 METER UND 56 ZENTIMETER
Die Neuvermessung des Grenzverlaufs am 2. Oktober ergab, dass Ötzi wenige Meter jenseits der österreichischen Grenze, also auf italienischem Staatsgebiet, lag. Als rechtmäßiger Eigentümer beauftragte daraufhin das Land Südtirol die Universität Innsbruck mit der weiteren wissenschaftlichen Untersuchung der Gletschermumie.

VITAMINE
Zwei Innsbrucker Archäologen bargen am 27. September im Bereich der Fundstelle eine Schlehe.

Restaurierte Versteifungsstrebe

WICHTIGES INDIZ?
Am 25. September entdeckten Gletscherforscher Ötzis Köcher. Er war erst am Vortag vom Eis freigegeben worden. Zu diesem Zeitpunkt lag das Mittelstück der Versteifungsstrebe bereits zwei Tage in der Innsbrucker Universität.

Bergesack

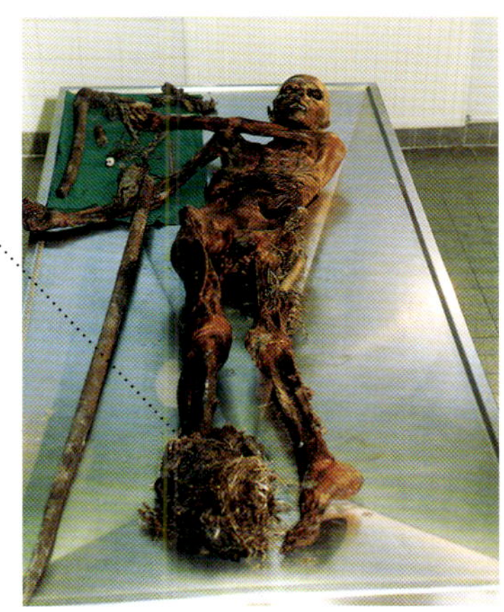
Gut erhaltener rechter Schuh

DIE SONNE HALF MIT
In Fundlage ruhte Ötzis rechter Fuß über dem linken. Die intensive Sonnenstrahlung jener Septembertage begünstigte seine Freilegung. Der linke Fuß steckte tiefer im Eis und war nur mühsam herauszubekommen. Deshalb ist der linke Schuh stärker beschädigt als der rechte.

UNBEKANNT
Eines von Ötzis Werkzeugen – der Retuscheur – gleicht einem dicken Bleistiftstummel; es ist bisher kein vergleichbares Objekt überliefert. Zunächst hielten die Archäologen es für ein Feuerschlagbesteck, bevor sie mithilfe naturwissenschaftlicher Untersuchungen das Rätsel seiner Funktion lösen konnten.

DIE SENSATION
Am 24. September wurde die Gletschermumie erstmals einem Archäologen vorgeführt: Der Urgeschichtler Konrad Spindler schätzte ihr Alter dann auch sofort auf „mindestens 4000 Jahre" – und stieß zunächst auf allgemeinen Unglauben. Bald aber waren die Reporter zur Stelle; die ersten Bilder der Mumie gingen um die Welt. Die Sensation war perfekt.

Grabungen im Gletschereis

UNGEWOHNT
Bisher hatten die Archäologen, die Ötzis Grabstätte untersuchten, immer im Erdreich und unter normalen Umweltbedingungen gegraben. Nun mussten sie sich im Eis des Hochgebirges mit Dampfstrahl- und Föhngeräten abmühen.

Jetzt traten die Archäologen auf den Plan – galt es doch, Antworten zu finden auf unzählige Fragen: Ist der Holzstab tatsächlich Teil eines Bogens? Wo ist dann die dazugehörende Sehne? Warum war der Köcher schon vor Ötzis Tod beschädigt? Wozu diente das kleine bleistiftähnliche Werkzeug mit dem komischen Knubbel? Und wer war dieser Mann überhaupt? Warum war er so hoch hinauf ins Gebirge gestiegen, wie ist er gestorben, wie mag er wohl gelebt haben? Bei einer Ausgrabung tasten sich die Archäologen langsam in die Vergangenheit zurück und suchen nach verstreuten Hinweisen, aus denen sie, einem Puzzle gleich, Informationen erschließen. Nach Ötzis Bergung wurden zwei wissenschaftliche Expeditionen auf das Tisenjoch geschickt, um die Fundstelle exakt zu vermessen, die Fundsituation zu rekonstruieren und um nach weiteren Gegenständen zu suchen. Dabei wurden die Forscher mit ungewohnten Verhältnissen konfrontiert.

GUT ERHALTEN
Der spektakulärste Fund des Sommers 1992 war Ötzis Fellmütze. Im Gegensatz zu den übrigen Kleidungsstücken hat sich das Fell ausgezeichnet erhalten. Gleichzeitig wurde das abgebrochene Bogenende geborgen.

KALT UND NASS
Das Wasser in der Felsmulde, in der Ötzi gelegen hatte, wurde abgeleitet und mehrfach gesiebt und gefiltert.

KOSTBARER KLEINFUND
Ötzi fehlten sämtliche Fuß- und Fingernägel; ein Fingernagel wurde bei der zweiten Nachgrabung im Sommer 1992 gefunden. Drei Zehennägel kamen bei der Restaurierung des linken Schuhs im Römisch-Germanischen Zentralmuseum in Mainz zum Vorschein.

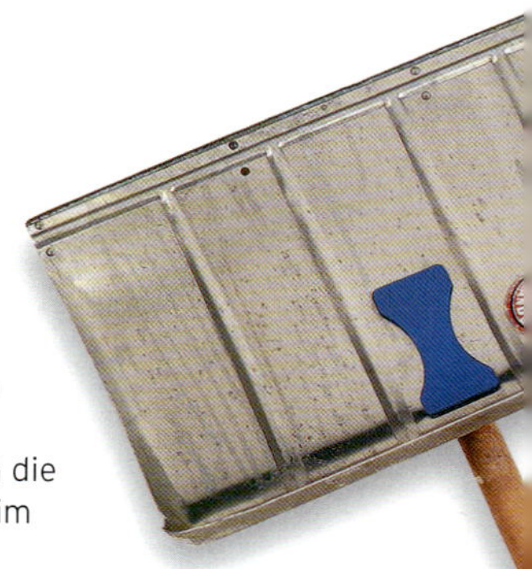

SCHULTERLANGES HAAR
Bis zu 9 cm lang waren die Haare, die man 1992 beim „Mumienstein" fand.

FEINE FILTER
Mithilfe dieser Filtersiebe konnten die Forscher auch kleinste pflanzliche, tierische und menschliche Partikel auffangen.

WIE GOLDSCHÜRFER
Gräser, Moos, Blätter, Holzkohlepartikel, Haare und Insektenteile wurden ausgefiltert. Im Bodenschlamm der Felsrinne fand man Hautteile, Muskelfasern, Blutgefäße und einen Fingernagel. Zum Teil stammten diese Überreste von der Hüftverletzung, die Ötzi beim ersten – erfolglosen – Bergungsversuch zugefügt wurde.

DIE ZWEITE, „GROSSE“ NACHGRABUNG
Im Hochsommer 1992 wurde die Fundstelle fast einen ganzen Monat lang gründlich untersucht. Trotz schönsten Sommerwetters lag immer noch 2 m hoch Schnee in der Felsmulde. In diesem Sommer hätte Ötzi also nie und nimmer gefunden werden können.

DIE ERSTE NACHGRABUNG
Anfang Oktober 1991 – bald nach Ötzis Bergung – fanden die Forscher Teile einer Grasmatte, weitere Leder- und Fellreste, Teile eines Birkenrindengefäßes samt Inhalt, Schnüre und Holzstücke sowie zwei Splitter vom Halswirbel eines Steinbocks. Bereits nach zwei Grabungstagen vereitelten jedoch heftige Schneefälle weitere archäologische Untersuchungen. Die Fundstelle blieb für Monate unter einer rund 7 m dicken Schneeschicht versiegelt.

Grasmatte vor der Konservierung und Restaurierung

RESTE
Eine der Schnüre, die bei der ersten archäologischen Untersuchung gefunden wurden.

Restaurierter Schnurrest

VERMESSUNGSARBEITEN
Genaue Aufzeichnungen sind ein wichtiger Bestandteil jeder Ausgrabung. Nach dem Vermessen des Fundorts und der Funde werden Fotos, schriftliche Notizen und maßstabsgetreue Zeichnungen angefertigt. Die Lage der Fundstücke wird in Grabungspläne eingezeichnet. Bei der zweiten Nachgrabung wurden diese Arbeiten enorm behindert: Ständig floss Schmelzwasser von einem höher gelegenen Schneefeld in die untersuchte Mulde.

BAGGERN VERBOTEN!
Bevor die archäologischen Untersuchungen beginnen konnten, musste eine rund 2 m hohe Schneedecke weggeschaufelt werden – eine Arbeit von drei Wochen, eine Menge von über 600 Tonnen! Auf Dieselaggregate wurde bewusst verzichtet: Ihre Auspuffgase hätten die Eis- und Sedimentproben verfälscht.

STATT MAURERKELLE UND PINSEL
Für die eigentlichen Freilegungsarbeiten kam ungewohntes Arbeitsgerät zum Einsatz: Dampfstrahler und Föhn. Damit wurde das Eis zwischen den Steinblöcken und Felsritzen langsam geschmolzen.

Dampfstrahlgerät

Ein Toter erzählt vom Leben

Mumien sind Fenster in die Vergangenheit. Sie verraten uns, was die Menschen früher aßen, welche Arbeiten sie verrichteten, wie lange sie lebten und an welchen Krankheiten sie litten. Diese wertvollen Informationen erhalten wir aber erst mithilfe moderner Untersuchungsmethoden wie Computertomographie und mikrochemische Analysen. Kleinste Proben von Ötzis Exkrementen reichen aus, um Parasiten zu untersuchen, winzige Bestandteile aus Ötzis DNS (Desoxyribonukleinsäure) ermöglichen Erbgutvergleiche, und selbst Arsenfunde an den Haaren lassen sich auswerten: Sie beweisen, dass Ötzi zumindest passiv an der Erzgewinnung und Metallverarbeitung beteiligt war. Wissenschaftler aus aller Welt – Archäologen und Anthropologen, Pathologen und Kriminologen, Mikrobiologen und Botaniker, Chemiker, Historiker sowie Forscher zahlreicher anderer Disziplinen – haben die Gletschermumie jahrelang untersucht.

WIE GROSS WAR ÖTZI?
Da die linke Hüfte bei der Bergung verletzt wurde und der Oberschenkelknochen *(Femur)* deshalb teilweise freilag, konnte man seine Länge messen und so Ötzis Körpergröße berechnen. Sie betrug zum Zeitpunkt seines Todes etwa 160 cm. Heute ist die Mumie nur noch 153 cm lang, da durch die Mumifizierung auch die Gelenkknorpel und die Zwischenwirbelscheiben geschrumpft sind. Die Knochen hingegen haben sich unverkürzt erhalten.

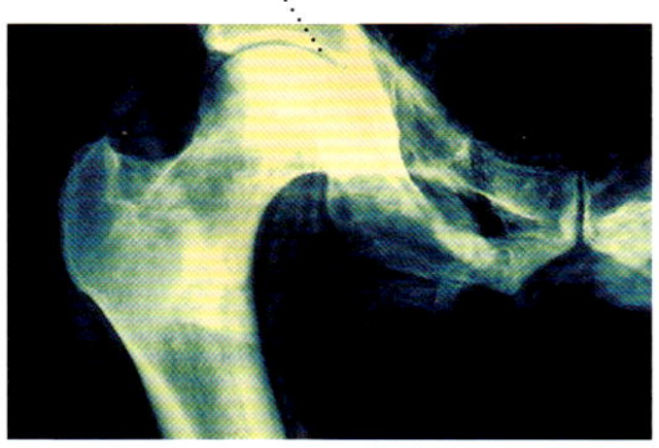

ABGENUTZTES HÜFTGELENK
In der digitalen Röntgenaufnahme des rechten Hüftgelenks erkennen Fachleute den schmalen Gelenkspalt zwischen Gelenkpfanne und Kopf des Oberschenkelknochens – eine Abnutzungserscheinung.

STEINZEITSTRESS
Anhand des Fingernagels konnten Forscher nachweisen, dass Ötzi in den letzten Monaten seines Lebens unter starkem körperlichen Stress stand. Diese Erkenntnis gewannen sie aus der Untersuchung von drei sogenannten „Beau-Streifen".
Die Kerben am vorderen Nagelende deuten darauf hin, dass Ötzi seine Fingernägel gleichsam als Arbeitswerkzeuge benutzte.

ÖTZI – DER SONDERFALL UNTER DEN GLETSCHERLEICHEN
Die Körperfette von Gletscherleichen werden für gewöhnlich in sogenanntes Fettwachs umgewandelt; Gletschertote sind damit Fettwachsleichen. Das Fettwachs trocknet langsam aus und umschließt das Knochengerüst wie ein Panzer. Fettwachs kann sich allerdings nur in feuchter Umgebung und bei geringer Sauerstoffzufuhr bilden. Ötzi wurde hingegen unter trockenen und luftigen Verhältnissen mumifiziert – er ist wohl durch eine sehr lockere Schneeschicht abgedeckt worden.

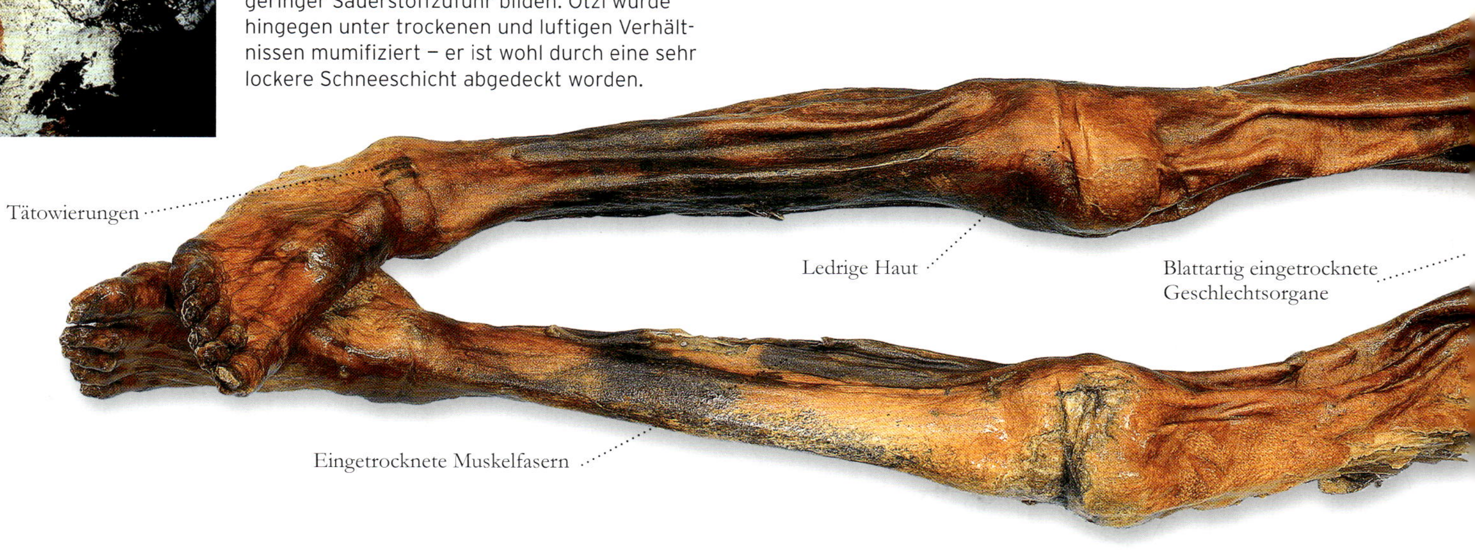

Blinder Passagier: In den Haaren fand man Teile von Hirschlausfliegen, blutsaugenden Insekten.

ZÄHNE ALS WERKZEUG

Auffällig ist die breite Lücke im Oberkiefer zwischen den beiden zentralen Schneidezähnen. Und was verraten die stark abgenutzten Zähne? Dass beim Getreidemahlen mit Steinmühlen Sand ins Mehl geriet. Vermutlich benutzte Ötzi seine Zähne auch, um Leder, Sehnen, Holz und anderes Material zu bearbeiten.

AUF DEN ZAHN GEFÜHLT

Vom Zahnschmelz konnten Wissenschaftler ablesen, wo Ötzi seine Kindheit verbrachte. Wie das geht? Sie verglichen Minerale seiner Zähne mit Erdreich- und Wasserproben geologischer Landschaften südlich und nördlich des Alpenhauptkamms. In den ersten Lebensmonaten eines Menschen lagern sich nämlich in den Zähnen dauerhaft bestimmte, für eine Landschaft typische Minerale ein.

BLICK IN DIE LUNGE

Rauchpartikel haben Ötzis Lunge schwarz gefärbt. Sie erzählen uns, dass sich der Mann aus dem Eis häufig am offenen Feuer aufgehalten hat.

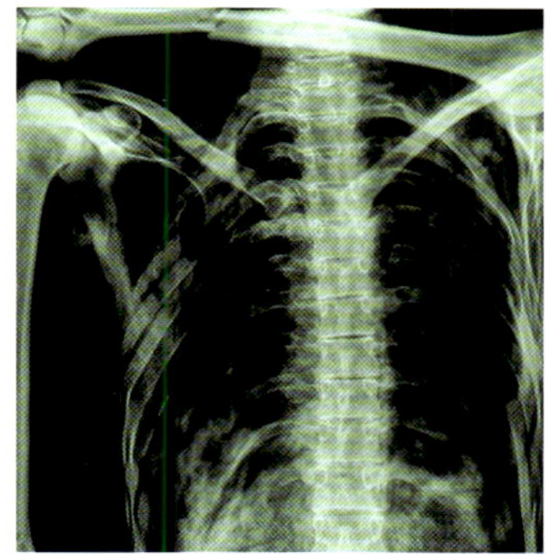

DIAGNOSE: KNOCHENBRÜCHE

Das Röntgenbild des Brustkorbs zeigt zahlreiche Knochenbrüche. Sie müssen dem Mann aus dem Eis große Schmerzen verursacht haben. Erlitt er kurz vor seinem Tod einen Unfall? Oder war der Eisdruck – nach seinem Tod – die Ursache?

HAARPRACHT

Durch die Mumifizierung sind Ötzis Haare gänzlich ausgefallen. Unter den zahlreichen Haarbüscheln in der Kleidung fand sich auch menschliches Haupt- und Körperhaar. Ötzis Haupthaar war dunkelbraun, schulterlang, gewellt und vermutlich nicht zu Zöpfen geflochten – man fand die Haare nämlich einzeln. Mit großer Wahrscheinlichkeit trug Ötzi einen Bart. Die Haare, die darauf hinweisen, sind stärker als das Haupthaar und kraus.

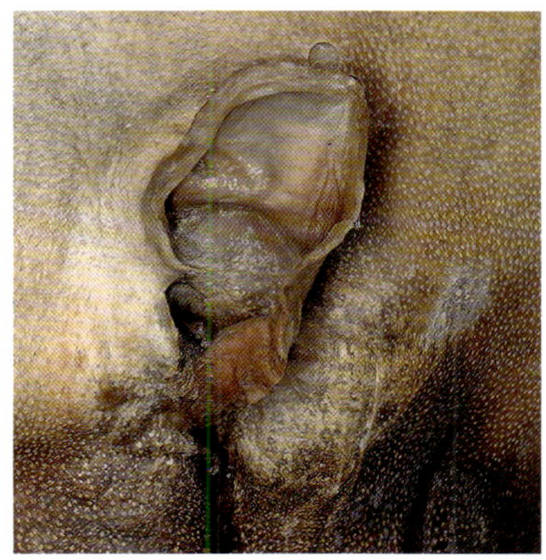

EINPRÄGSAM

Eines der auffälligsten Merkmale der Gletschermumie ist die unnatürliche Stellung des linken Armes. Auch die linke Ohrmuschel ist aus ihrer natürlichen Lage heraus schräg nach vorne geklappt; die Faltlinie verläuft auffällig gerade. Man kann daraus schließen, dass Ötzi – als er bereits tot und mit den Kleidern am Felsen festgefroren war – noch ein wenig vom Eis verschoben wurde.

BEINAHE UNVERSEHRT

Bestimmte Informationen über die Vergangenheit eines Menschen lassen sich nur gewinnen, wenn das Körpergewebe noch gut erhalten ist. Ötzis Körper ist – bis auf die Verletzung im linken Hüftbereich – praktisch unversehrt. Intakte Körper geben mehr preis als Knochen.

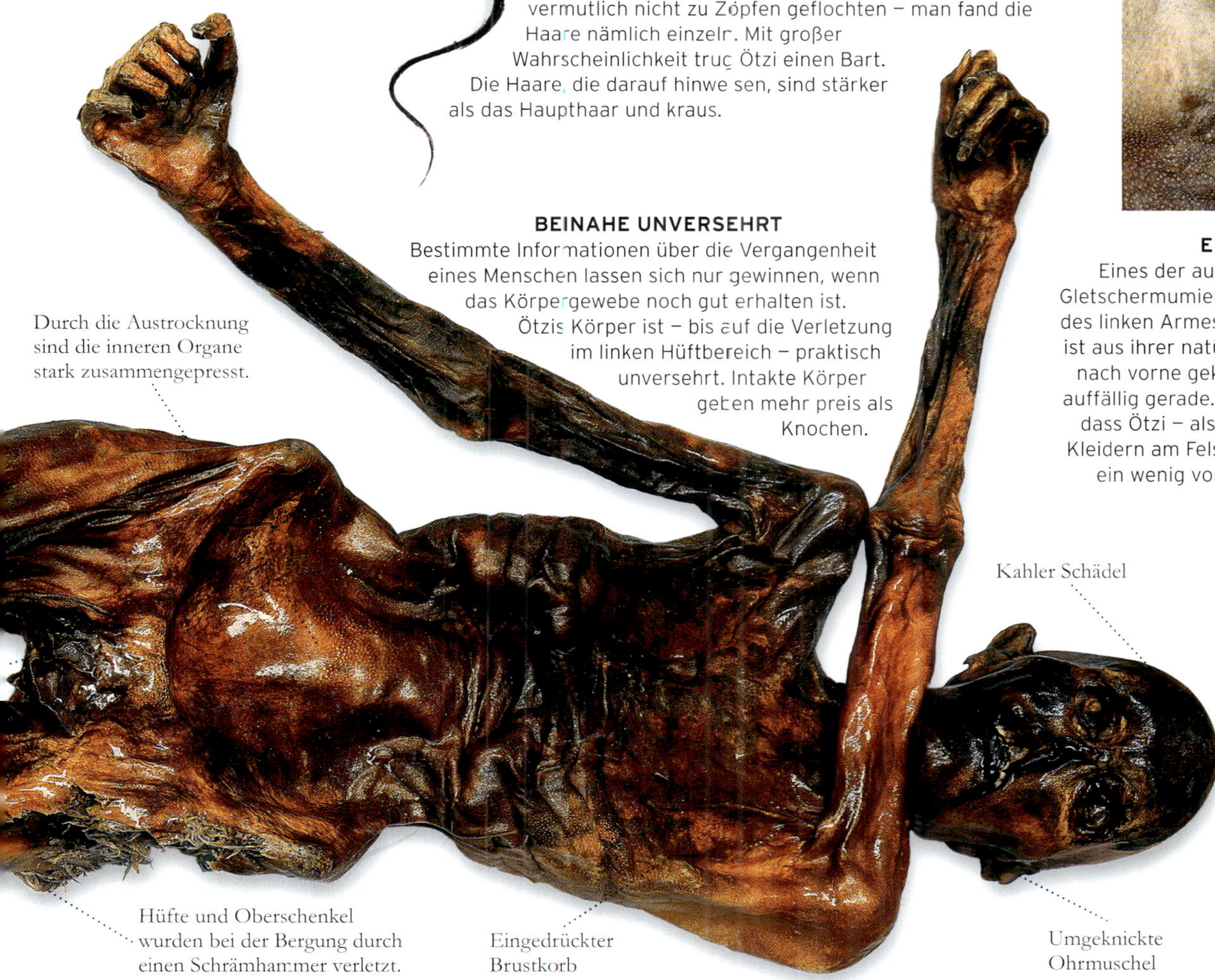

Durch die Austrocknung sind die inneren Organe stark zusammengepresst.

Kahler Schädel

Hüfte und Oberschenkel wurden bei der Bergung durch einen Schrämhammer verletzt.

Eingedrückter Brustkorb

Umgeknickte Ohrmuschel

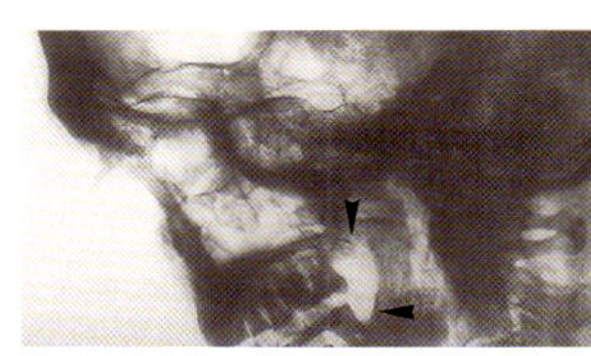

ANATOMISCHE BESONDERHEIT

Die wissenschaftlichen Untersuchungen an der Gletschermumie enthüllten auch einige Besonderheiten: Dem Mann aus dem Eis fehlten alle vier Weisheitszähne und das zwölfte Rippenpaar.

Medizinische Untersuchungen

Erstmals in der Geschichte der Medizin und der Archäologie konnten Wissenschaftler an einer 5300 Jahre alten Mumie modernste medizinische Untersuchungsmethoden anwenden. Es wurden sogar neue technische Verfahren und spezielle Instrumente entwickelt. Eine besondere Herausforderung des medizinischen Forschungsprogramms war die endoskopische Untersuchung der Mumie. Sensationell aber war, was den Forschern vom Iceman-Institut in Bozen im Sommer 2010 gelang: Sie konnten aus einem Beckenknochen von Ötzi das Zellkern-Genom gewinnen, worin die Erbinformationen gespeichert ist. Dieses Material ist gleichsam eine Festplatte, deren Muster nun in langwieriger Arbeit entschlüsselt wird. Inzwischen weiß man zum Beispiel, dass Ötzi eine vererbte Veranlagung für Herz-Kreislauf-Erkrankungen hatte und keinen Milchzucker verdauen konnte.

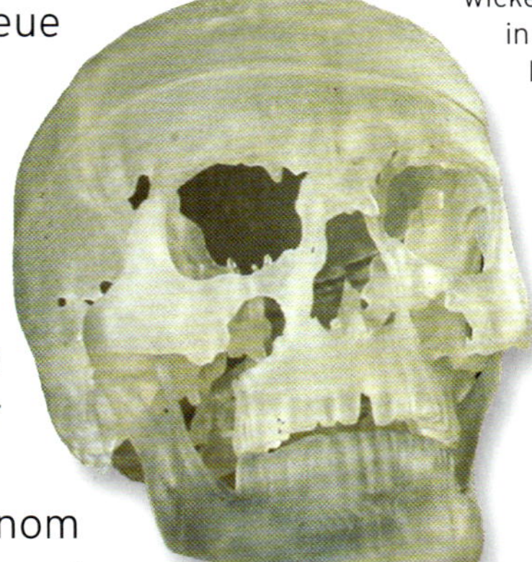

BEREICHERUNG FÜR DIE MODERNE MEDIZIN
Gestützt auf die Daten der Computertomographie stellte ein Innsbrucker Radiologe ein dreidimensionales Modell von Ötzis Schädel her. Er bediente sich dabei eines neu entwickelten Verfahrens, das bislang in der Raumfahrt und in der Autoindustrie eingesetzt wurde, der Stereolithographie. Dabei wird eine Platte in ein Becken mit flüssigem Harz getaucht. Ein computergesteuertes Lasergerät überträgt nun die CT-Werte auf diese Platte, indem es bestimmte Stellen auf der Platte bestrahlt: Dort wo der Laserstrahl auftrifft, verhärtet sich die Harzflüssigkeit und es bildet sich eine Schicht. Sie entspricht einem dünnen Querschnitt durch den Schädel. In kurzer Zeit lässt sich so Schicht um Schicht ein exaktes Duplikat eines Schädels aufbauen. Die Stereolithographie wird mittlerweile in der medizinischen Praxis eingesetzt, um komplizierte Gehirnoperationen zu planen und zu üben.

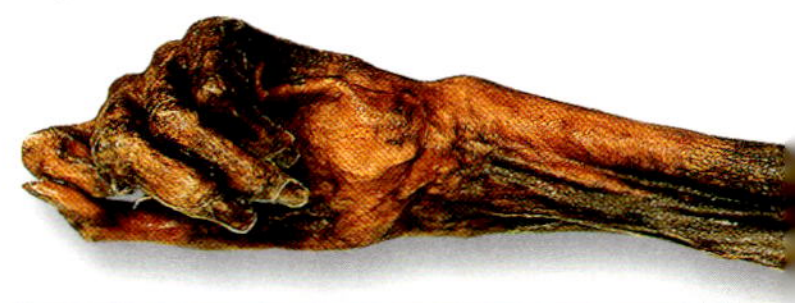

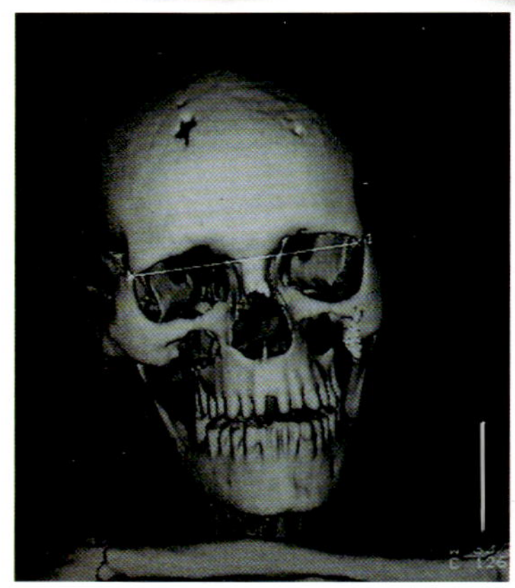

LEICHT VERFORMT
Ötzis Kopf wurde durch den Eisdruck deformiert und ist an einigen Stellen asymmetrisch. Für die plastische Gesichtsrekonstruktion wurden diese Deformierungen korrigiert. Wer die große Ötzi-Rekonstruktion im Südtiroler Archäologiemuseum betrachtet, sieht somit sein „wahres", ursprüngliches Gesicht.

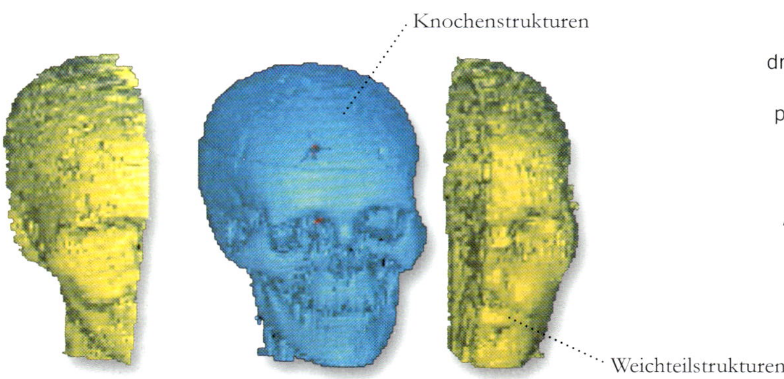

CT-UNTERSUCHUNG
Seit 1977 untersuchen Ärzte Mumien mit einer neuen Technik, der Computertomographie (CT). Eine normale Röntgenaufnahme liefert nur ein zweidimensionales Bild, die CT-Aufnahme hingegen nimmt einen Körper gewissermaßen scheibchenweise und aus unterschiedlichen Perspektiven auf. Auch Einzelheiten der inneren Organe und Gewebe können erst durch die CT sichtbar gemacht werden.

HINWEIS AUF DAS LEBENSALTER
Ursprünglich nahm man an, Ötzi sei im Alter von 25 bis 35 Jahren gestorben, u. a. auch deshalb, weil er – mit Ausnahme der nicht angelegten Weisheitszähne – ein vollständiges Gebiss aufweist. Gewissheit brachten Untersuchungen einer dünngeschliffenen Gewebeprobe aus dem Oberschenkelknochen. Durch den ständigen Aus-, Ab- und Umbau im Knochengewebe kommt es nämlich mit zunehmendem Alter zu charakteristischen Veränderungen der Knochenstruktur. Demnach wurde Ötzi etwa 46 Jahre alt.

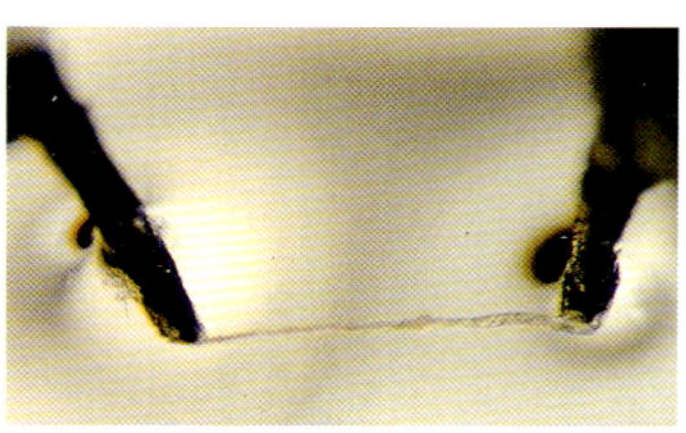

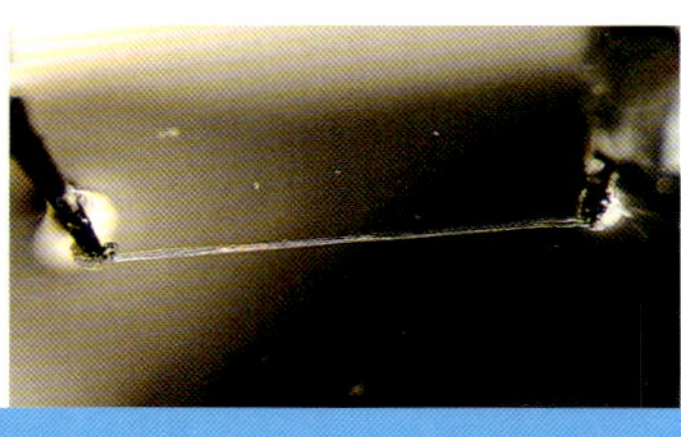

KRAFTPROBE
Steckt in Ötzis Muskeln noch Kraft? Ein Wissenschaftler wollte es genau wissen. Er spannte eine Muskelfaser aus dem Oberschenkel der Gletschermumie und eine Muskelprobe aus seinem eigenen Bein in einen Messapparat: Ötzis Muskelfasern ließen sich zwar ebenfalls dehnen, zogen sich aber nicht mehr zusammen. Sie waren aber immerhin noch intakt: ein verblüffendes Ergebnis für die Wissenschaft – wochenlange Schmerzen für den wissbegierigen Forscher.

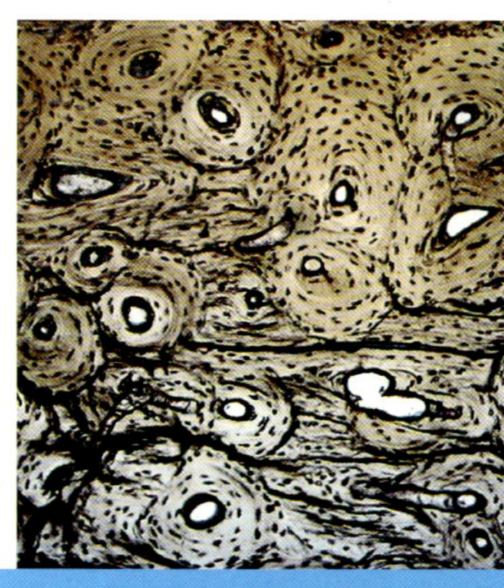

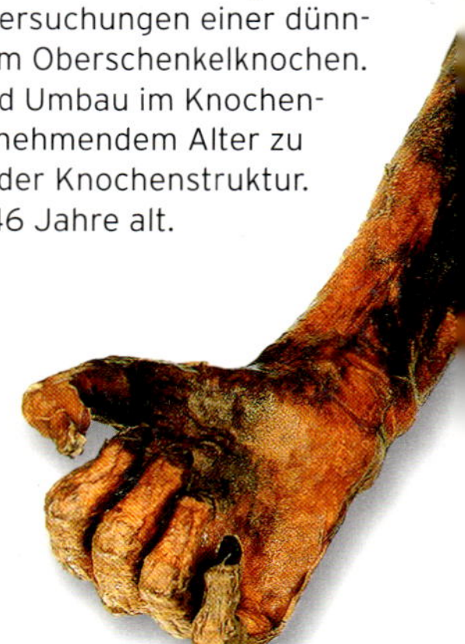

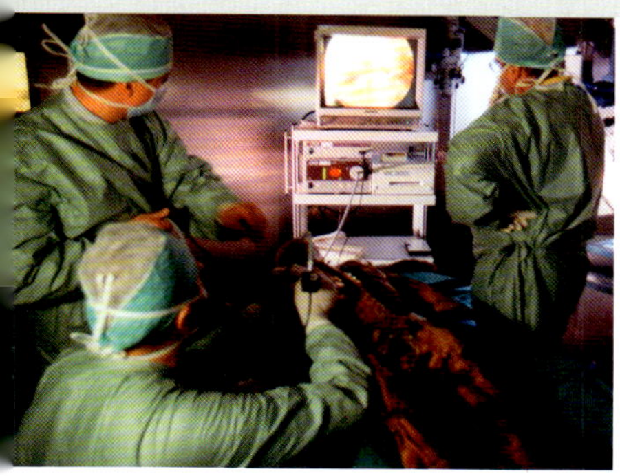

ÖTZIS INNENLEBEN
Endoskope sind optische Instrumente, mit deren Hilfe man tief in den Körper blicken kann, ohne durch Muskeln und Knochen zu schneiden. Sie bestehen aus einem dünnen Kunststoffschlauch mit biegsamen Glasfaserbündeln. An die Endoskopspitze lassen sich Mikroinstrumente anschließen, mit denen man operieren oder Gewebeproben entnehmen kann. Zur Probenentnahme aus Ötzis inneren Organen wurde an seinem Rücken ein kleines Hautfenster aufgeklappt.

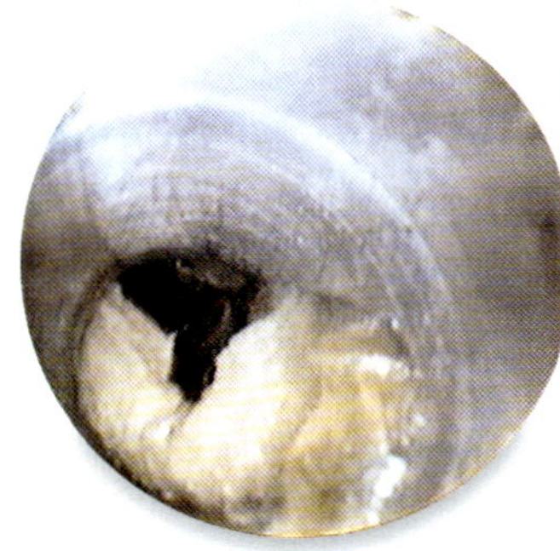

ÖTZI, DER TV-STAR
Auf einem Monitor betrachtet der Arzt die vom Endoskop ins Visier genommene Stelle im Körper – in diesem Fall Ötzis Nasenhöhle.

DER BESTUNTERSUCHTE PATIENT ALLER ZEITEN
Von der Auffindung der Mumie im September 1991 bis zu ihrer Überführung von Innsbruck nach Bozen im Januar 1998 wurden der Gletschermumie insgesamt 100 Proben entnommen und weltweit untersucht. Die Entschlüsselung von Ötzis Erbgut steht erst am Anfang. Was wird man noch alles herausfinden über sein Aussehen, seine Krankheiten, seine Lebensgewohnheiten? Und wie kann dies für die Forschung genutzt werden?

FIESE VIECHER
In Ötzis Genom fanden die Forscher Spuren von Borrelien. Das sind Keime, die durch Zecken übertragen werden und eine Infektionskrankheit verursachen: die Lyme-Borreliose. Zecken zählten also schon vor 5000 Jahren zu den gefährlichen Kreaturen.

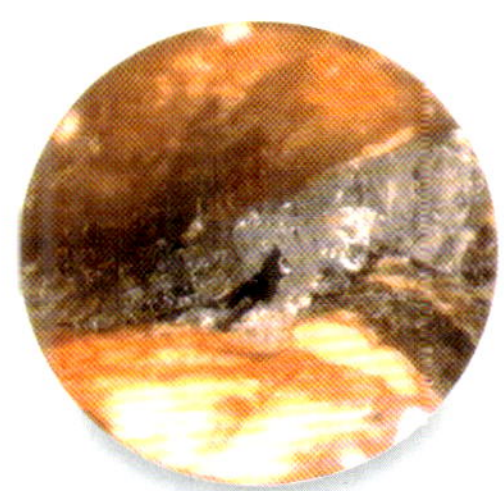

Blick auf die Leber

PRÄHISTORISCHES PENIZILLIN
Der Birkenporling *(Piptoporus betulinus)* ist ein weiß-grauer Baumschwamm, der hauptsächlich auf alten Birken wächst. Die Volksmedizin vergangener Zeiten hat ihn angeblich als Droge eingesetzt, doch ist seine berauschende Wirkung bisher noch nicht medizinisch bewiesen. Erwiesen ist jedoch, dass er ein Antibiotikum enthält, das Krankheitserreger bekämpft.

MEDIZIN
Ötzi trug eine bescheidene, aber gewiss wirksame „Reiseapotheke" bei sich: zwei kugelig geschnittene Teile des Birkenporlings, die auf schmalen Lederriemen aufgefädelt waren. Diese Pilze wurden noch zu Beginn des 20. Jahrhunderts als blutstillende Mittel verwendet.

Ötzis Tätowierungen

Bereits bei der Auffindung der Mumie wurden auf ihrem Rücken Zeichen entdeckt, die man zunächst für Brandmale hielt; bald stellte sich jedoch heraus, dass es Tätowierungen waren. Im Gegensatz zu modernen Tattoos entstanden sie nicht durch Stiche, sondern durch feine Schnitte, in die pulverisierte Holzkohle gerieben wurde. Die rund 60 Tätowierungen zeigen Strichbündel oder Kreuze. Sie befinden sich neben der Lendenwirbelsäule, am rechten Knie, an den Waden und an den Sprunggelenken: genau dort, wo Ötzis Körper aufgrund seines Alters und der ständigen Belastung Verschleißerscheinungen aufweist. Ötzi dürfte an diesen Stellen unter starken Schmerzen gelitten haben. Werden feine Nervenstränge durchtrennt, kann dies eine Schmerzlinderung bewirken; vermutlich dienten Ötzis Tätowierungen somit einem medizinischen Zweck und waren nicht als Körperschmuck gedacht.

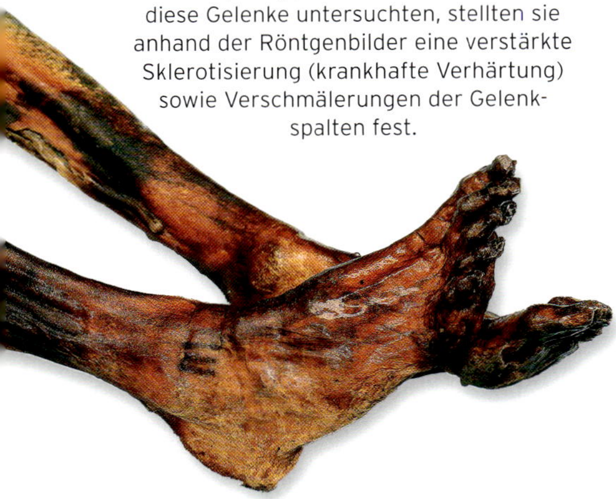

ABGENUTZT
Viele Tätowierungen befinden sich an den Sprunggelenken. Als Mediziner diese Gelenke untersuchten, stellten sie anhand der Röntgenbilder eine verstärkte Sklerotisierung (krankhafte Verhärtung) sowie Verschmälerungen der Gelenkspalten fest.

STEINZEITTHERAPIE
Ötzi war nicht bei guter Gesundheit, als er starb: Halswirbelsäule, Sprunggelenke, Hüftgelenke und Knie waren abgenutzt, die Zähne abgeschliffen, Hauptschlagader und Aorta verkalkt, das Nasenbein gebrochen; er hatte Peitschenwürmer und eine Zyste im Rückenmark. All diese Beeinträchtigungen lassen vermuten, dass Ötzis Tätowierungen – die ältesten, die bisher an einem menschlichen Körper nachweisbar sind – eine frühe Form medizinischer Behandlung sind.

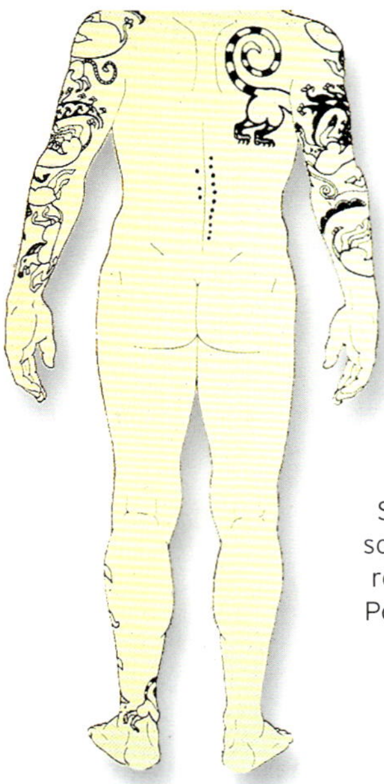

VERBLÜFFENDE PARALLELEN
Dieser Nomadenfürst lebte in der Zeit um 400 v. Chr. in Pazyryk im sibirischen Altaigebirge. Auch er trägt – neben prachtvollen Tätowierungen an Schultern und Armen – medizinische Behandlungszeichen links und rechts der Lendenwirbelsäule. Die Positionen dieser Zeichen stimmen haargenau mit denen von Ötzis Tätowierungen überein.

„VITAMINPILLEN"
Ötzi hat sich nicht nur im Nachhinein medizinisch behandeln lassen, sondern sich auch vorbeugend mit einem gesundheitsfördernden Mittel eingedeckt. Hinweis dafür liefert eine Schlehe, die man bei ihm fand. Diese Früchte werden wegen ihres hohen Gehalts an Vitaminen und Mineralstoffen von alters her geschätzt.

ECHT?

Noch ist nicht sicher, ob diese beiden Streifen am linken Handgelenk echte Tätowierungen sind oder nur Druckstreifen. Hat Ötzi etwa seine Birkenporlinge um das Handgelenk gewickelt – die Fellstreifen, worauf die Pilze aufgefädelt waren, würden jedenfalls ein entsprechendes Bild ergeben. Oder hatte er ein Leder umgeschnürt, um beim Schießen die Hand vor der zurückschnellenden Bogensehne zu schützen?

BLÄULICHE FARBE

Die jungsteinzeitliche Tätowierungstechnik ist der modernen auffallend ähnlich. In Indien und Afrika beispielsweise wird heute noch bevorzugt pulverisierte Holzkohle als Farbstoff verwendet und mit Speichel oder lauwarmem Wasser angerührt. Die Holzkohle ergibt den charakteristischen Blauton der Tätowierungen.

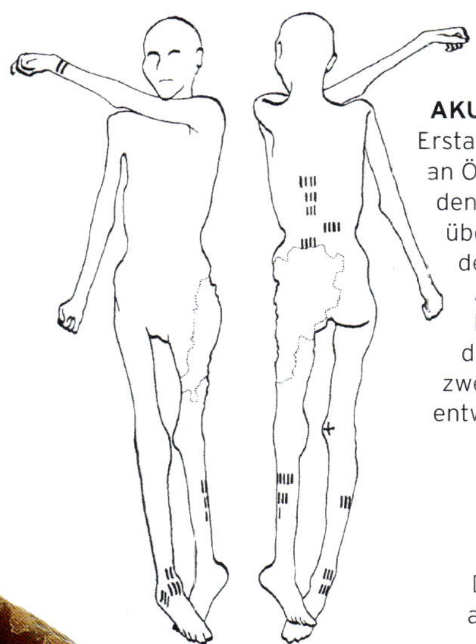

AKUPUNKTUR?

Erstaunlich – die tätowierten Stellen an Ötzis Körper stimmen mit den heute gültigen Akupunkturlinien überein: Haben wir es hier mit dem frühesten Zeugnis einer Akupunkturbehandlung zu tun? Bisher hatte man angenommen, dass dieses Heilverfahren erst zwei Jahrtausende später in Asien entwickelt wurde.

ABGENUTZTE KNORPELSCHEIBE

Das Kreuz an der Innenseite des rechten Knies befindet sich genau an jenem Punkt, wo bei Verletzungen des Meniskushinterhorns Schmerzen auftreten.

SCHMERZZENTRUM WIRBELSÄULE

Die Strichgruppen links von der Lendenwirbelsäule sind vertikal ausgerichtet. Sie beginnen oben mit einem Viererbündel, darauf folgen zwei Dreierbündel, dann gibt es eine Lücke, an die ein weiteres Viererbündel anschließt. Ob sich diese Serie fortsetzt, wissen wir nicht: Ötzis Haut ist hier aufgrund der bei der Bergung verursachten Schäden nicht mehr erhalten. Die Lendenwirbelsäule ist großen Belastungen ausgesetzt und daher besonders schmerzgefährdet.

Ausrüstung fürs Gebirge

Ötzi war für das Hochgebirge perfekt ausgerüstet. Ein knielanger Fellmantel schützte ihn gegen Wind und Kälte und seine Beinkleider boten optimale Bewegungsfreiheit. Bei Regen und Schnee legte er eine kunstvoll geflochtene Grasmatte um seine Schultern: Auf diese Weise perlten die Tropfen ab und die darunter liegende Fellkleidung konnte sich nicht mit Wasser vollsaugen. Auch die Schuhe waren raffiniert konstruiert und ideal, um lange Märsche in unwegsamem Gelände oder über scharfkörniges Gletschereis zu meistern. Zum Schutz gegen die Kälte waren sie mit Heu ausgestopft. Der Außenschuh aus Hirschleder war robust, die Bärenfellsohle hatte sogar „Profil“. Ein Vergleich zwischen heutiger und jungsteinzeitlicher Bergausrüstung zeigt, dass sich die Gegenstände zwar verändert haben, aber schon zu Ötzis Zeiten optimal entwickelt waren.

UNERLÄSSLICH
Der Mensch gibt über die Kopfhaut viel Körperwärme ab. Deshalb ist im kalten und windigen Hochgebirge ein wirksamer Kopfschutz besonders wichtig. Ötzi konnte seine Fellmütze mit Lederriemen am Kinn befestigen.

DIE KRAXE
Mit vergleichbaren Rückentragen werden in den Alpen heute noch Lasten transportiert. Ähnlich wie Ötzis Rückentrage sind auch die Leichtmetallrahmen moderner Tourenrucksäcke konstruiert.

KLEINE „RUCKSACKAPOTHEKE“
Ötzis einzige, aber wirksame Medizin waren zwei „Pilzkugeln“ – Teile des Birkenporlings, der unter anderem eine desinfizierende und blutstillende Wirkung hat.

BRENNT WIE ZUNDER
Der Zunderschwamm war ein wichtiger Bestandteil des jungsteinzeitlichen Feuerschlagbestecks. Dieser leicht entflammbare Baumschwamm musste unbedingt trocken gehalten werden. Ötzi verwahrte ihn in seinem ledernen Gürteltäschchen.

EINSATZBEREIT
Da Ötzi seinen kleinen Feuersteindolch ständig benötigte – zum Schneiden, Schnitzen und zum Zerlegen der Jagdbeute –, hatte er ihn am Gürtel angeknotet.

GLUTBEHÄLTER
In diesem Behälter aus Birkenrinde transportierte Ötzi Glut, mit der er schnell und unkompliziert Feuer machen konnte. So musste er nicht jedes Mal neues Feuer entfachen, zumal bei feuchtem Wetter der Zunder schwer entzündbar ist.

RUTSCHFEST
An Ötzis Schuhsohle war ein quer verlaufender und sich überkreuzender Lederstreifen angebracht, welcher der Sohle gewissermaßen Profil gab.

KEINE KERAMIK
Einen geschmeidigen, leichten Behälter aus Birkenrinde konnte Ötzi weit besser über Stock und Stein tragen als einen schweren und zerbrechlichen Tontopf, das übliche Vorratsgefäß seiner Zeit. Die Innenseite eines der Gefäße ist nicht von Kohle geschwärzt, sondern naturfarben, also gelb-weiß. Es könnte Ötzis Proviantdose gewesen sein.

ZWECKMÄSSIG
Dass es zu Ötzis Zeiten bereits Fußkleidung mit Innen- und Außenschuh gab, hatte man bisher nicht gewusst.

BEWÄHRTE WOLLE
Gerade aufgrund der starken Wärme- und Schweißabgabe über die Kopfhaut bevorzugen Bergsteiger heute als Kopf- und Ohrenschutz ein aufnahmefähiges Material, zum Beispiel Wolle. Bei Schnee und Regen wird die Kapuze der Windjacke über die Wollmütze gestülpt.

THERMOSFLASCHE UND PROVIANTDOSE
Da man unter Ötzis Fellresten nichts fand, was sich als Trinkbeutel rekonstruieren ließe, wissen wir nicht, ob er auch flüssigen Proviant mitführte. Ein Birkenrindengefäß hätte jedenfalls gut als Behälter für festen Proviant dienen können. Ähnlich leicht sind die heute noch gebräuchlichen Proviantdosen aus Blech.

MODERNE BERGAUSRÜSTUNG
Fell und Leder als Rohstoffe für Bergbekleidung sind längst verschwunden; letztes Überbleibsel waren bis vor wenigen Jahrzehnten lederne Kniebundhosen, die Knickerbocker. Aber auch Wolle und Baumwolle sind vielfach von leichter, atmungsaktiver Chemiefaser verdrängt worden. Die Aufgabe von Ötzis Grasmantel haben Jacken und Hosen aus beschichteten, Wasser abweisenden Stoffen übernommen. Abbaubar oder wieder zu verwerten sind diese Stoffe freilich nicht mehr.

ERSTE-HILFE-BOX
Zur Ausstattung einer modernen Rucksackapotheke gehören – neben einem blutstillenden Mittel – verschiedene Verbandsutensilien, Kreislauf- und Schmerzmittel und eine Sonnenschutzcreme.

FEUER AUF ABRUF
Auch ein Feuerzeug gehört zum Inventar eines modernen Rucksacks. Aber anders als Ötzis Zunderschwamm, der bei feuchtem Wetter versagte, funktioniert das Feuerzeug immer.

Wasserabweisende Windjacke

Rucksack

Eisschuh

NOCH IMMER WICHTIG
Griffbereit wie zu Ötzis Zeiten: das Taschenmesser. Nach wie vor muss die Klinge geschützt werden: nicht mehr durch ein kleines Meisterwerk der Flechttechnik, sondern durch ein Futteral oder durch einen Klappmechanismus.

INNEN- UND AUSSENSCHUH
Ötzis Fußbekleidung war gleich aufgebaut wie ein heutiger Bergschuh: weicher und kälteabweisender Innenteil – fester und wasserabstoßender Außenteil. Der Innenschuh lässt sich zum Trocknen leicht herausnehmen.

SCHUHE MIT SCHNÜREN
Wie Ötzis Schuhsohlen waren auch die Schneeschuhe der letzten Jahrhunderte mit Lederriemen quer überkreuzt: Sie wirkten damit wie das Profil einer tief eingekerbten Sohle. Moderne Schneeschuhe aus Leichtmetall und Plastik haben scharfe Zacken und geben damit guten Halt beim Gehen.

GERILLT UND GENOPPT
Die Sohlen von Bergschuhen müssen auf Geröll und Schnee sicheren Halt bieten und deshalb ein markantes Profil haben. Auch Ötzis Schuhsohlen waren – obwohl aus Leder – nicht glatt: Bärenfell weist auf der Innenseite starke Noppen auf.

Kleidung aus Fell und Leder

MANTEL ODER PONCHO?
Ötzi trug ein knielanges Obergewand aus Ziegenfell. Ob es einen Verschluss hatte, lässt sich heute nicht mehr feststellen. Auch Ärmel sind keine erhalten. Waren sie vielleicht gar nie vorhanden? War das Fellgewand gar kein Mantel, sondern ein Poncho?

Von der Kleidung in der Jungsteinzeit hatte man bis zu Ötzis Entdeckung nur vage Vorstellungen; organische Materialien überdauern eine so lange Zeit nur selten und nur unter ganz besonderen Umständen. Durch den einzigartigen Fund vom Hauslabjoch wissen wir heute, dass damals – zumindest in der Winterkleidung – das Leder dominierte: Ötzi trug jedenfalls nichts Gewebtes am Leib. Ötzis Kleidung lässt darauf schließen, dass unsere Vorfahren durchaus kultivierte Menschen waren – die Gewänder sind präzise zugeschnitten und sorgfältig genäht, dabei außerordentlich zweckmäßig. Die verschiedenfarbigen Fellstreifen in Ötzis Fellmantel zeugen gar von einem gewissen Modebewusstsein.

Bast

FEINE FÄDEN
Als Nähmaterial verwendete man fein gedrillte Fäden aus Tiersehnen sowie Gräser und Bast.

ÖTZI IM STREIFENLOOK
Die einzelnen Fellteile von Ötzis Obergewand sind so zusammengenäht, dass sich ein Muster aus dunklen und hellen Streifen ergibt. Die Reste dieses Mantels befinden sich heute – wie alle anderen Beifunde – im Südtiroler Archäologiemuseum in Bozen und vermitteln eine gute Vorstellung vom Schnitt dieses Kleidungsstücks.

LIEBE ZUM DETAIL
Der Mantel wurde aus vielen rechteckigen Fellstücken mit regelmäßigen Stichen in Überwendlingstechnik zusammengenäht.

ÖKO-UNTERWÄSCHE
Von Ötzis Lendenschurz aus dünnem, weichen Ziegenleder ist lediglich der vordere Latz – dieser freilich gut und weitgehend vollständig – erhalten. Generell fehlt von Ötzis Bekleidung die gesamte Rückenpartie. Sie ragte als Erste aus dem Eis, als die Mumie ausaperte, und war starken Sonnenstrahlen und Winden ausgesetzt.

Reparaturnaht

Saubere, akkurate Stiche

AUSGEBESSERT
Am Fellmantel haben wohl zwei Personen genäht: Die eine setzte saubere Stiche und verwendete Tiersehnen als Nähmaterial; die andere reparierte den Mantel nachlässig mit Grashalmen.

LÄNGLICHE LASCHEN
Am unteren Ende der Beinröhren ist je eine Lasche aus Hirschfell angenäht. Sie wurde in den Schuhschaft hineingesteckt und beim Verschnüren des Schuhwerks mit festgebunden.

SPANNEN, SCHABEN UND ENTHAAREN
Der erste Schritt zum fertigen Leder ist das Aufspannen der Haut auf einen Rahmen; damit wird das Schrumpfen verhindert. Mit Flintschabern (das sind scheibenförmige Messer) wird dann die Innenseite von Fett- und Geweberesten gereinigt. Die Außenseite ließ man in Wasser oder Urin leicht verrotten, wodurch die Haare abfielen.

ZIEGENFELL
Ötzis Gewand ist hauptsächlich aus Ziegenfell gemacht. Schaf und Ziege sind die ältesten Nutztiere des Menschen. Obwohl das Rind als Fleisch-, Milch-, Butter- und Käseproduzent sowie als Lieferant von Sehnen und Häuten wertvoller war, übertrafen Schafe und Ziegen den Rinderbestand bei Weitem: Sie sind im Gebirge leichter zu halten und vor allem problemloser über den Winter zu bringen.

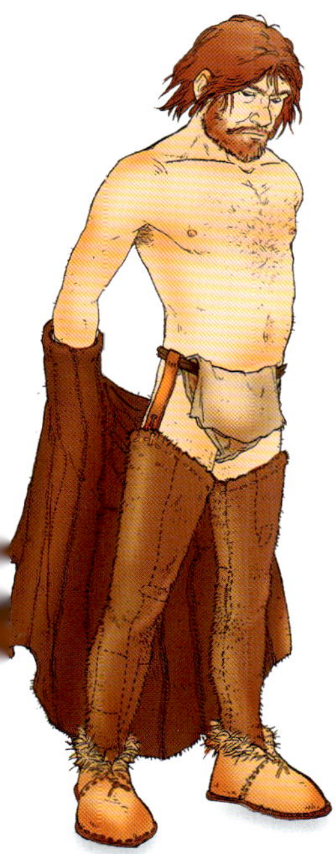

FUSSFREI
Ötzis Beinkleider sehen aus wie lederne Strümpfe ohne Füßlinge.

WIE BEI DEN INDIANERN DER PRÄRIE
Ötzis Beinkleid aus Ziegenfell ähnelt den Leggings der nordamerikanischen Indianer, die unter gleichen klimatischen Bedingungen lebten wie der Mann aus dem Eis.

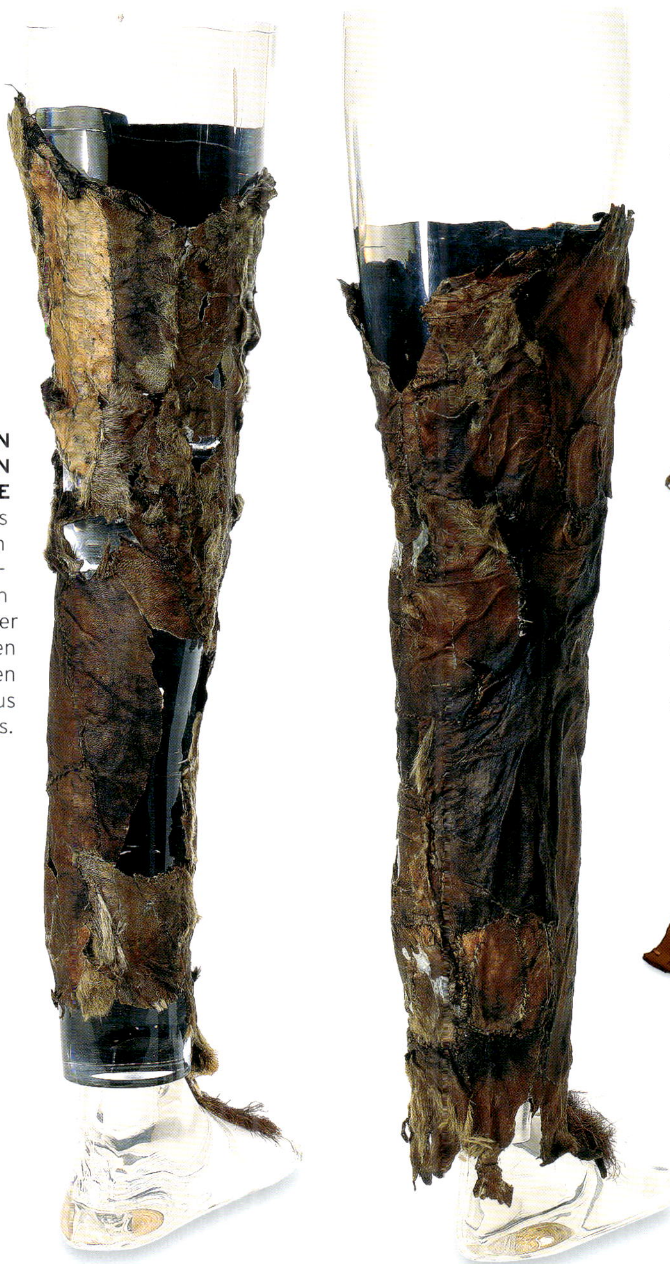

STRAPSE
Am verstärkten oberen Rand jeder Hosenröhre ist ein breites Fellband angenäht, das sich in zwei Enden teilt. Damit konnte Ötzi sein Beinkleid am Gürtel festbinden.

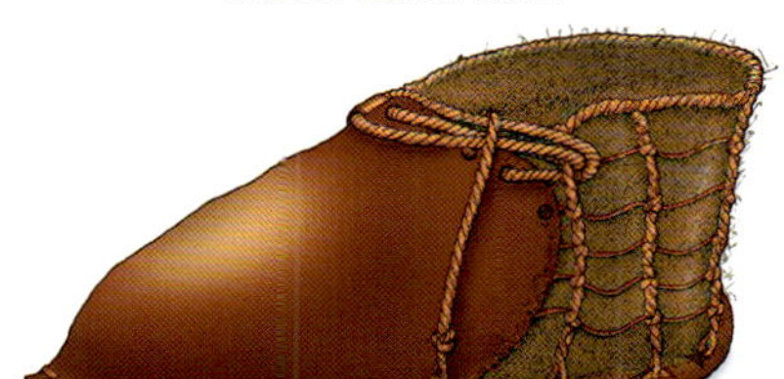

SCHNÜRSENKEL
Das Oberleder von Ötzis Schuhen wurde aus Hirschfell gefertigt. Der Mann aus dem Eis konnte es mit Lederriemen verschließen und damit gleichzeitig die Fußlaschen der Leggings fixieren.

Geknüpft und geflochten

Ötzis Kleidung besteht vorwiegend aus rauchgegerbten Fellen. Nur drei Ausrüstungsstücke sind geflochten bzw. geknüpft: das aus Grasschnüren hergestellte Netz in den Schuhen, die aus langen Gräsern geflochtene Matte und schließlich die aus Baststreifen bestehende Dolchscheide. Erstaunlicherweise fehlen in Ötzis vielfältigem Besitz gewebte Textilien zur Gänze. Bis zu seiner Entdeckung ging man davon aus, dass die Webkunst in Europa bereits in der Jungsteinzeit ein hohes Niveau erreicht und die jungsteinzeitliche Bevölkerung für gewöhnlich Stoffkleider getragen habe. Bisherige textilarchäologische Kenntnisse mussten nun überprüft und korrigiert werden.

WIE EIN STROHDACH

Gras- und Strohmatten sind in hohem Maß Wasser abweisend. Die waagrechten Durchschüsse sind bei Ötzis Grasmatte in größtmöglichem Abstand angebracht, dort könnte sich nämlich bei Regen das Wasser stauen.

MULTIFUNKTIONAL

Die geflochtene Grasmatte wurde zunächst für einen ärmellosen Umhang gehalten, den Ötzi bequem anziehen und ablegen konnte. Wer sich viel im Freien aufhält – so dachte man –, dem bietet ein solches Kleidungsstück zahlreiche Vorteile: als Schutz bei Schlechtwetter, als Tarnung beim Jagen, als Isoliermatte auf feuchtem Boden und als Decke in kalten Nächten. Mittlerweile sind Zweifel aufgetaucht: Hätte Ötzi das Geflecht tatsächlich als Umhang getragen, dann müsste es im Bereich der Schultern breiter werden – dies ist jedoch nicht der Fall.

Rekonstruktion der Kraxe

UMHANG ODER RUCK-„SACK"?

Zum Fundkomplex der Gletschermumie gehört bekanntlich auch das Rahmengestell einer Kraxe. Ein dazugehörender Sack oder Behälter wurde nie gefunden, wohl aber Spuren einer Schnürung am Rahmen der Kraxe. Ist Ötzis Grasmatte womöglich dieses fehlende Behältnis?

SCHILFARTIG

Die Matte wurde aus den über einen Meter langen Gräsern eines alpinen Süßgrases geflochten. Zur Herstellung derartiger Matten werden heute vielfach Sumpfgräser verwendet.

Leinen

NEUE ERKENNTNISSE
Alle bisher gefundenen jungsteinzeitlichen Gewebe sind aus Leinen und nie breiter als 22 cm. Solche Bänder lassen sich gut als Gürtel, Windel oder Wickelgamasche verwenden. Sie deuten darauf hin, dass der breite Webstuhl mit Gewichten in der Jungsteinzeit noch nicht erfunden war und dass damals nur einfache, schmale Webgeräte zur Verfügung standen.

Rekonstruktion eines einfachen Gewichtswebstuhls

AUSGEKLÜGELT
Ötzis Fußbekleidung ist eine komplizierte Konstruktion: Sie besteht aus einem Innen- und einem Außenschuh. Der Innenteil ist ein Grasnetz mit hineingestopftem Heu als Kälteschutz. Der Außenschuh besteht aus robustem Hirschleder. Beide Teile – Grasnetz und Oberleder – sind mit Lederriemen an einer Sohle aus Braunbärenfell befestigt. Lederriemen dienen auch als Schuhbänder. Den rechten Schuh trug Ötzi bei der Bergung noch; vom linken fand man nur noch das Netzwerk. Im Südtiroler Archäologiemuseum sind beide Teile von Ötzis Schuhwerk – der komplette rechte Schuh und das Netz des linken – ausgestellt.

Rekonstruktion des Oberleders

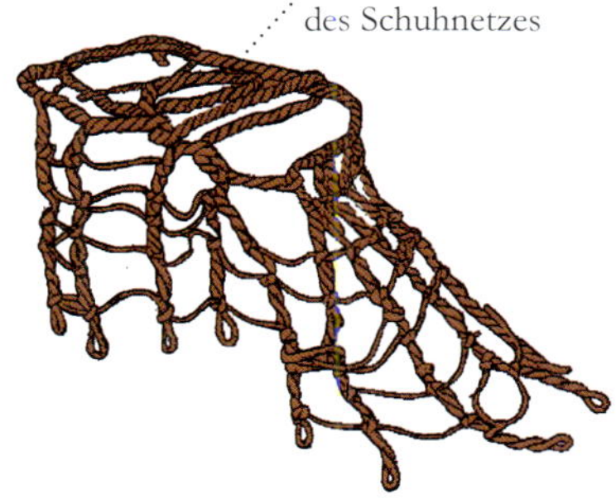

Rekonstruktionszeichnung des Schuhnetzes

Rekonstruktion des Schuhnetzes

Rekonstruktion der Sohle

FLECHTEN
Die Zwirnflechttechnik ist in der Jungsteinzeit sehr verbreitet; sie wurde sowohl für die Herstellung von Kleidern als auch von Körben angewandt. Es handelt sich dabei um eine Zwischenform von Weben und Flechten.

Die Gürteltasche

Ötzi hat sich, um zu überleben, hervorragend auf sein Lebensumfeld eingestellt. Alles, was er benötigte, um ein Lagerfeuer zu entfachen oder Waffen herzustellen, führte er mit sich. Einige dieser nützlichen Gegenstände waren sehr kostbar: Sie durften keinesfalls verloren gehen oder – im Falle des Zunderschwamms – feucht werden. Was eignete sich da besser als eine Gürteltasche? Ötzi trug um seinen Bauch einen Gürtel mit aufgenähtem Täschchen, worin er seine Wertsachen verwahrte: Zunderschwamm-Knollen, eine Knochenahle und drei Geräte aus Feuerstein, und zwar einen Klingenkratzer, einen Bohrer und ein scharfes Lamellenstück. Noch heute benutzen Wanderer, Radfahrer oder Reisende Gürteltaschen, die mit Ötzis Leibriemen vergleichbar sind. Häufig ist das aufgenähte Täschchen an der Gürtelinnenseite eingesetzt – wie die „Geldkatze" im Mittelalter –, um den wertvollen Inhalt vor Dieben zu schützen.

MERKWÜRDIGE MASSE
Anfänglich wurden die schwarzen, knolligen Gebilde für Birkenteer gehalten. Botaniker haben sie aber als Teile des Zunderschwammes, vermischt mit winzigen Pyritkristallen, identifiziert. Dieser Baumpilz gehörte zum steinzeitlichen Feuerschlagbesteck.

JEDERZEIT GRIFFBEREIT
Die abgerissene Grasschnur am Knauf des Feuersteindolches passt genau zum Schnurrest an der Gürteltasche. Man kann also annehmen, dass Ötzi seinen Dolch samt Dolchscheide am Gürtel, und zwar rechts vom Täschchen, befestigt hatte.

Gerissene Grasschnur

Lederstreifen zum Verschließen

Grasschnur

Parallele Heftnähte als Zierde und Verstärkung

SCHWIERIGE MATERIALBESTIMMUNG
Ötzis Gürteltasche ist aus Kalbsleder gefertigt. Da der Auerochse, der Stammvater unseres Hausrindes, im Jahre 1627 ausgerottet wurde, lässt sich nicht mehr bestimmen, ob das Leder vom Wild- oder vom Hausrind stammt.

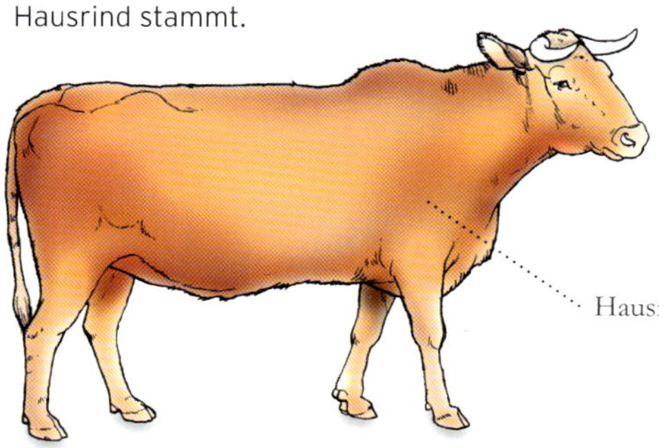

Hausrind

KEINE KNÖPFE
Man weiß nicht, wie Ötzi seinen vorne offenen Fellmantel zusammengehalten hat. Erfüllte der Gürtel diese Funktion?

STARK STRAPAZIERT

Ötzis Leibriemen war ursprünglich knapp 2 m lang und konnte zweimal um die Taille gewickelt werden. Ziemlich genau in der Mitte des Gürtels ist das Täschchen angenäht. Die Öffnung befindet sich an der oberen Längsseite. Zum Verschließen zog Ötzi einen dünnen Lederstreifen durch die Schlaufen der Ziernähte. Der Riss an der Vorderseite stammt von der Bergung. Das Leder ist ziemlich abgenutzt, mehrfach eingerissen und oft repariert worden. Offensichtlich hat Ötzi seinen Gürtel viel getragen.

BOHRER AUS FEUERSTEIN

Hat Ötzi damit seine Steinscheibe durchbohrt und die Löcher in der Köcherversteifung angebracht?

VIELSEITIG VERWENDBAR

Ötzi konnte mit diesem Feuersteingerät schaben, schneiden, kratzen, schnitzen, hobeln und gräten. An einer Kante entdeckte man sogenannten Sichelglanz. Er bildet sich, wenn kieselsäurehaltige Pflanzenhalme geschnitten werden – Ötzis Ausrüstung besteht ja zum Teil aus Gräsern.

BEQUEMER

Ötzi konnte auf zweierlei Weise Feuer machen: entweder mithilfe des Feuerzeugs, welches er im Gürteltäschchen aufbewahrte, oder mit der Glut, die er in einem Behälter aus Birkenrinde mitführte. Letzteres war bequemer, das Feuerzeug in der Gürteltasche eine zusätzliche Absicherung.

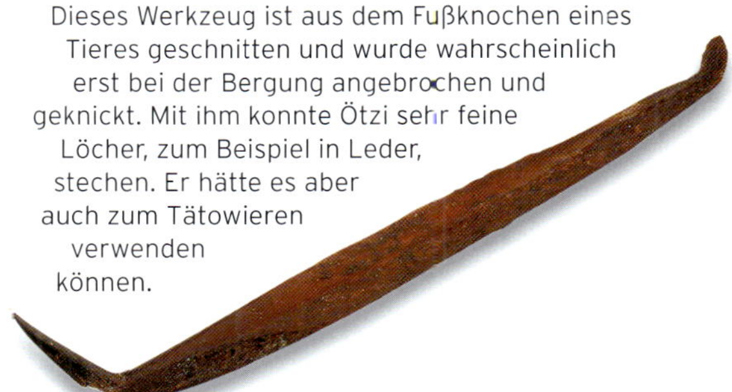

NADELSCHARFE SPITZE

Dieses Werkzeug ist aus dem Fußknochen eines Tieres geschnitten und wurde wahrscheinlich erst bei der Bergung angebrochen und geknickt. Mit ihm konnte Ötzi sehr feine Löcher, zum Beispiel in Leder, stechen. Er hätte es aber auch zum Tätowieren verwenden können.

RASIERMESSERSCHARF

Mit dieser Lamelle aus Feuerstein konnte Ötzi feine Schnitz- und Schneidearbeiten durchführen.

An seiner Oberfläche entdeckte man winzige Spuren von Federn – und zwar mithilfe eines eigens an der Universität Canberra in Australien angefertigten Spezialmikroskops. Diese Spuren beweisen, dass Ötzi mit dieser Lamelle die Befiederung für seine Pfeilschäfte vorbereitet hat.

ANGEKNOTET

Links vom Gürteltäschchen befestigte Ötzi vermutlich eines seiner wichtigsten Werkzeuge den Retuscheur. Am linken Ende des Täschchens ist das Leder nämlich gerafft, so, als sei dort eine Schnur herumgewickelt gewesen.

Feuersteindolch und Retuscheur

Fein gearbeitete Dolche wie der von Ötzi gehörten zum technischen Standard vor gut 5000 Jahren. Mit seinem Dolch bearbeitete der Mann aus dem Eis seinen Bogen, mit ihm schlachtete er vermutlich auch Haustiere und Jagdbeute: Darauf deuten Blutspuren hin, die man bei Mikrountersuchungen nachwies. Jederzeit griffbereit war ein weiteres kleines und unscheinbares Gerät: der Retuscheur. Wie beim Dolch ist auch hier eine Kerbe in den Griff eingeschnitten: Wahrscheinlich hat Ötzi seinen Retuscheur mit einer Schnur am Gürtel festgebunden. Das bleistiftähnliche Werkzeug mit dem dunklen Knubbel bereitete den Wissenschaftlern einiges Kopfzerbrechen: Sie verstanden zunächst nicht, wozu Ötzi diesen Gegenstand benutzte, und hielten ihn lange Zeit für ein Gerät zum Feuermachen.

WIE EIN BLEISTIFT
Ist der Arbeitskopf eines Retuscheurs abgenutzt und stumpf, wird er – gleich einem Bleistift – wieder angespitzt.

AUSREICHEND ELASTISCH
Der Schaft des Retuscheurs besteht aus dem entrindeten Aststück eines Lindenbaumes (*Tilia* sp.). Das Holz der Linde ist weich und zäh und lässt sich gut bearbeiten.

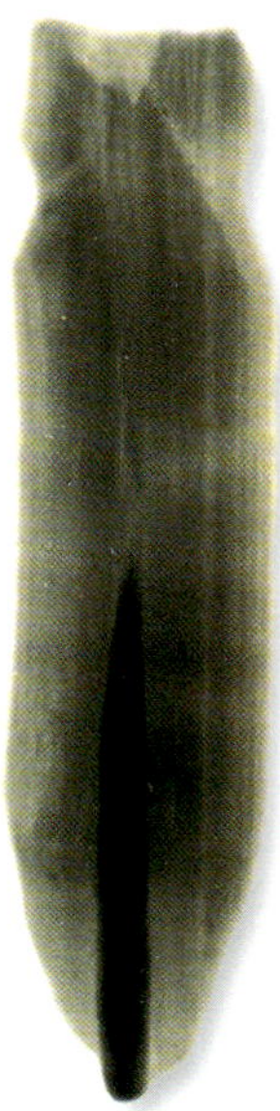

KRÄFTIG HINEINGETRIEBEN
Das Röntgenbild verrät, dass sich der vorstehende Knubbel als langer Dorn mit spitzem Ende bis in die Mitte des Holzschaftes fortsetzt. Da er sich nicht herausziehen ließ, war die Materialbestimmung schwierig.

PRÄZISIONSWERKZEUG
Ötzi hat mit seinem Druckstab (Retuscheur) Feuersteinklingen weiterverarbeitet, nämlich abgedrückt und geschärft (retuschiert). Das Gerät ist insgesamt fast 12 cm lang; der Stift ragt vorne 4 mm heraus.

GEHÄRTET FÜR BESONDERE BEANSPRUCHUNG
Der sorgfältig geschnitzte und geglättete Dorn im Inneren des Retuscheurs ist ein Hirschgeweihspan. Ötzi hat das Ende feuergehärtet – deshalb ist es auch nicht beinfarben, sondern verkohlt und somit schwärzlich.

RETUSCHIEREN
Mit dem harten Arbeitskopf werden feine, muschelförmige Splitter von einer Rohklinge abgedrückt; so lässt sich die gewünschte Form von Klingen und Pfeilspitzen herausarbeiten oder eine Schneide nachschärfen.

KLEINES KUNSTWERK
Fein und sorgfältig ist die Dolchscheide geflochten. Auch sie wurde bei der Bergung durch einen Pickelhieb beschädigt. Bisher ist kein vergleichbares Stück aus der Vorgeschichte erhalten.

ERSTAUNLICH KLEIN
Ötzis Dolch misst nur 12,8 cm Länge. Wäre die Klinge ohne Griff gefunden worden, hätte man sie vermutlich für eine Pfeilspitze gehalten. Die Klingenspitze ist schon zu Lebzeiten des Mannes abgebrochen. Die Klingenzunge wurde so stark in den Griff hineingetrieben, dass sich das längsgemaserte Holz ein wenig spaltete – deshalb ist es stramm mit einer dünnen Tiersehne umwickelt. Gedrillte Tiersehnen sind fest wie Nylon und waren das reißfesteste Material, das Ötzi zur Verfügung stand. Die Grasschnur in der Knaufkerbe ist nur noch 6 cm lang und abgerissen. So wie wir heute ein Taschenmesser am Kettchen tragen, hatte Ötzi seinen Dolch mit dieser Schnur an der Gürteltasche befestigt.

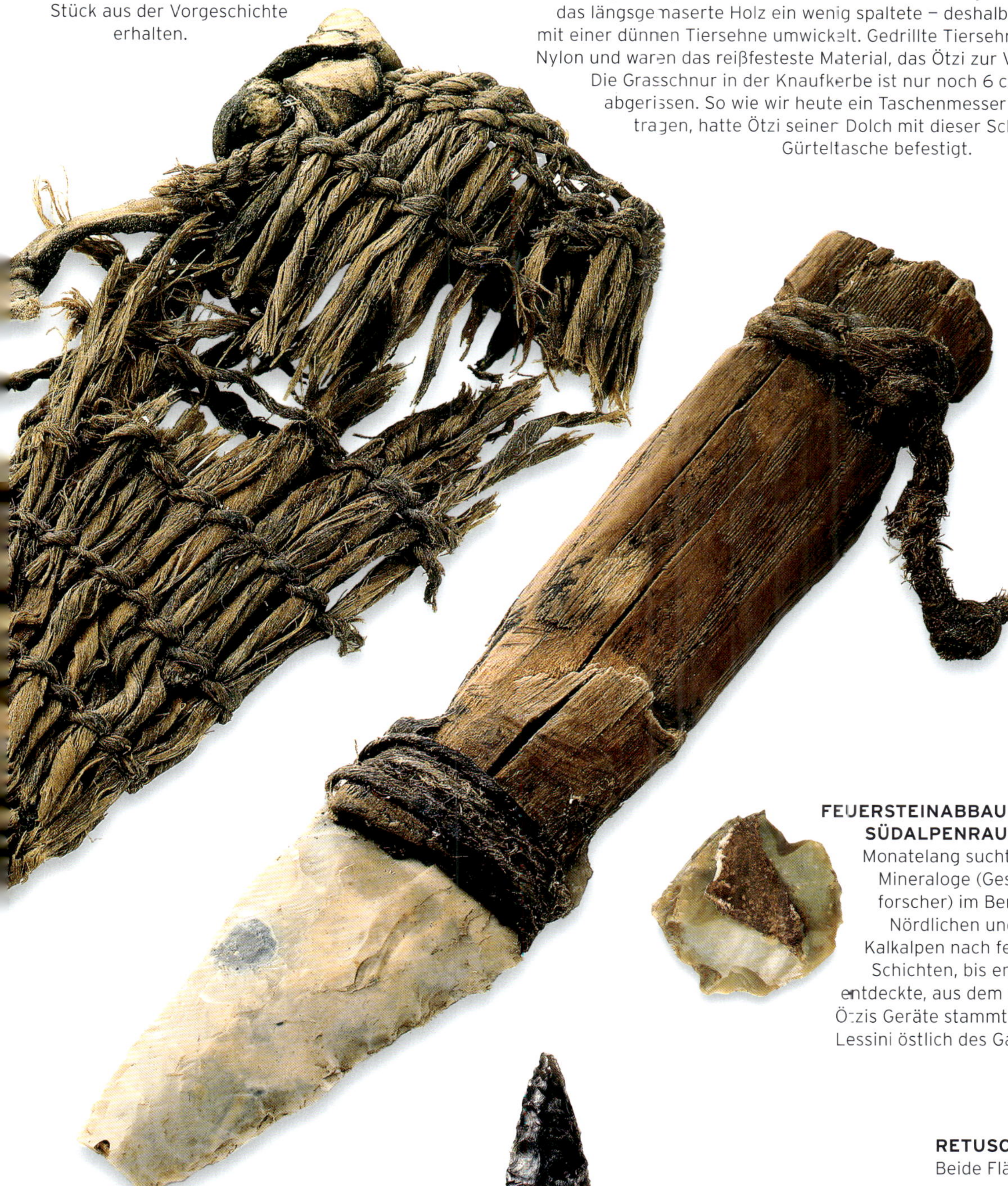

AUSGEWÄHLTER ROHSTOFF
Der Dolchgriff besteht aus Eschenholz *(Fraxinus excelsior)*. Dieses ist elastisch und fein- und langfaserig. Es findet nach wie vor vielseitige Verwendung, z. B. bei der Herstellung von Holzschüsseln und von Geräteholmen, -griffen und -stielen.

FEUERSTEINABBAU IM SÜDALPENRAUM
Monatelang suchte ein Mineraloge (Gesteinsforscher) im Bereich der Nördlichen und Südlichen Kalkalpen nach feuersteinführenden Schichten, bis er das Abbaugebiet entdeckte, aus dem das Rohmaterial für Ötzis Geräte stammt: Es sind die Monti Lessini östlich des Gardasees.

ALTE ARBEITSTECHNIK – NEUER WERKSTOFF
Ötzi mag etwa 15 Minuten benötigt haben, um die Klinge seines Dolches herauszuarbeiten. In ebenso kurzer Zeit stellen australische Ureinwohner Pfeilspitzen aus modernen Werkstoffen wie Glas her.

RETUSCHEN AUF BEIDEN FLÄCHEN
Beide Flächen von Ötzis Dolchklinge wurden retuschiert. Dieses Verfahren der Rundumbearbeitung weisen auch Beilklingen auf; man nennt es zweiflächiges Retuschieren.

Experimentelle Archäologie

Finden Archäologen bei einer Ausgrabung einen Gegenstand, dessen Bedeutung und Funktion ihnen unbekannt ist, versuchen sie unter anderem durch völkerkundliche Vergleiche (ethnografische Analogie) das Geheimnis zu lüften. Sie durchmustern die Geräte heutiger Naturvölker, die auf einer ähnlichen Kulturstufe leben wie die von ihnen untersuchte Kultur, und fragen Vertreter dieser Volksstämme, wofür sie dieses oder jenes Gerät verwenden. Bringt auch das nichts, hilft oft die experimentelle Archäologie weiter: Man arbeitet das Gerät mit den gleichen Materialien nach und probiert dann, wozu es am besten zu gebrauchen ist. Dies geschah mit Ötzis Retuscheur. Ein ähnliches oder identisches Vergleichsstück war bisher nämlich nicht gefunden worden. Erst experimentalarchäologische Versuche bestätigten, dass das rätselhafte Gerät der Bearbeitung von Feuersteinklingen dient.

Drei Klingen, die mit dem Retuscheur geschärft wurden.

EXPERIMENT GELUNGEN
Zur Schärfung dieser Feuersteinklinge hat ein amerikanischer Archäologe Ötzis Retuscheur nachgebildet – in kürzester Zeit war ein absolut taugliches Gerät hergestellt.

WICHTIGE ENTDECKUNG
Ötzis Retuscheur weist an der Schaftspitze einen Riss auf. Einen identischen Spalt schnitt ein Archäologe in sein nachgebildetes Gerät und entdeckte auf diese Weise, dass der Druck des harten Geweihstabes im weichen Lindenholz durch eben diesen Riss abgefedert wird. Erst jetzt ließ sich der Retuscheur optimal einsetzen.

ERSTARRTE LAVA
Feuerstein ist nicht das einzige Gestein, das die Menschen sich zu Nutze machten – auch Obsidian war bei vielen Kulturen rund um die Erde als Rohstoff für Werkzeuge und Schmuck hoch geschätzt. Obsidian ist ein vulkanisches, durch sehr schnelle Abkühlung der Lava entstandenes glasiges Gestein; wie Feuerstein bildet es scharfe Bruchkanten.

Rohklinge

ABSPLEISSEN DURCH DRUCK
Die eigentliche Feinbearbeitung erfolgt durch das Wegdrücken von Splittern mithilfe des Retuscheurs – nur so lassen sich scharfe Schnittkanten und feine Klingen herstellen.

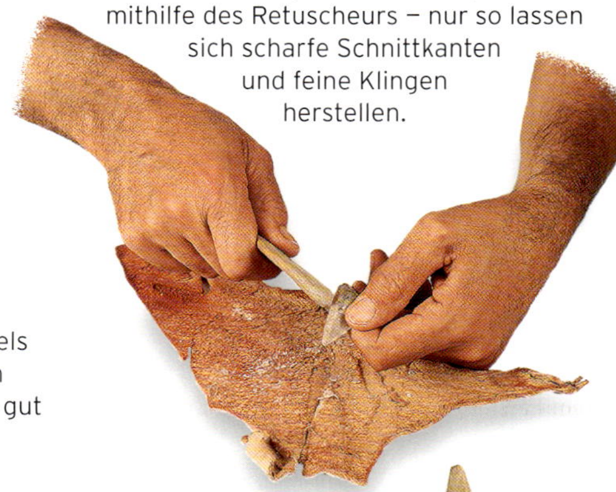

Rohe Feuersteinknolle

Abschlag

IDEALER ROHSTOFF
Feuerstein hat einen muscheligen Bruch, bildet scharfe Kanten und ist relativ weit verbreitet. Deshalb wurde er in der Steinzeit zur Herstellung scharfer Werkzeuge benutzt. Im Laufe der Jahrtausende vervollkommneten die Menschen der Steinzeit ihre Bearbeitungstechniken und stellten nahezu jedes Gerät her.

SCHLAG AUF SCHLAG
Zunächst wird das Rohstück mittels harter Schlagtechnik in Klingen und Abschläge zerteilt. Besonders gut eignet sich dafür ein zweiter, sogenannter Hammerstein.

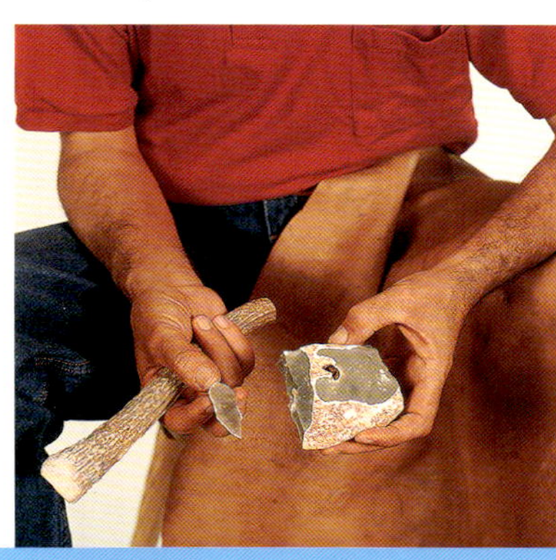

WECHSELNDES WERKZEUG
Für die Zwischenstücktechnik ist ein Hartholzstück, ein Knochen- oder Geweihstab sowie ein Holzschlägel erforderlich.

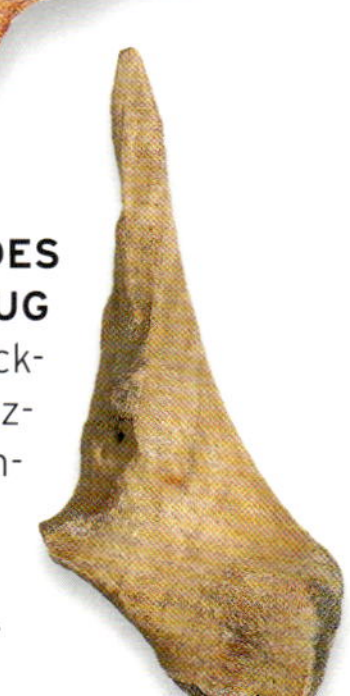

DIE PROBE AUFS EXEMPEL
Ein Archäologe experimentiert mit Feuerstein und überprüft damit seine Hypothesen über steinzeitliche Arbeitsmethoden und Werkstoffe. Altertumskundler ergründen auf diese Weise aber nicht nur die Funktion bisher unbekannter Geräte: Sie bauen beispielsweise auch urzeitliche Getreidesorten an, um etwas über deren Erträge, Krankheitsanfälligkeit, Witterungsabhängigkeit und Nährwert zu erfahren.

RUND UND SCHARF
Eine kleine Lamelle, wie die hier abgebildete, verwendete Ötzi, um Federkiele für die Pfeilbefiederung zu halbieren. Das kleine Werkzeug verwahrte er in seiner Gürteltasche.

SCHERE ENTBEHRLICH
Versuche mit einer rasiermesserscharfen Feuersteinlamelle zeigen, dass Leder und geschnürtes Gras ohne besondere Druckausübung geschnitten werden können.

LANGE LAMELLE
Die Kunst der Feuersteinbearbeitung besteht darin, genau zu wissen, wie dieser Stein bricht. Lange Lamellen beispielsweise lassen sich gut mit der Zwischenstücktechnik abschlagen und eignen sich als Rohklingen; runde, scharfe Feuersteingeräte eignen sich besser zum Schneiden und Schnitzen.

Das Kupferbeil

Ötzis rund 60 cm langes Kupferbeil ist weltweit das einzige vollständig erhaltene Beil der Urgeschichte. Die Klinge ist in einem sogenannten Knieholmschaft fixiert. Bis wenige Jahrhunderte vor Christi Geburt wurden Beilholme aus einem passend gewachsenen Holz geschnitzt. Es war u. a. die charakteristische Form des Beiles, die nach Ötzis Bergung das hohe Alter der Mumie verriet. Rückschlüsse zog man auch aus der Klinge. Da Kupfer ein weiches Metall ist, bezweifelten einige Wissenschaftler die Tauglichkeit von Ötzis Beil als Werkzeug oder Waffe. Ein Experiment mit einem nachgebildeten Kupferbeil erbrachte den Beweis: In knappen 45 Minuten war eine rund 50 Jahre alte Eibe gefällt.

VERBORGEN
Der gabelförmige Schäftungsschlitz ist knapp 7 cm lang; er verbirgt sich beinahe vollständig unter der Schaftumwicklung. Die Beilklinge passt millimetergenau hinein. Steckt man die Klinge in diesen Schlitz, dann steht die Schneide nur noch 2,6 cm hervor. Zum Fixieren verwendete Ötzi Birkenteer.

BEIM SCHMELZEN
Um Kupfer zu schmelzen benutzten die frühen Metallverarbeiter Blasebalg und Pusteröhren. Damit konnten sie die Hitze bis zum Schmelzpunkt steigern. Die Kupferverarbeitung entwickelte sich im Vorderen Orient bereits vor 8000 Jahren; über Ungarn hat sie sich in Mitteleuropa verbreitet – in der Alpenregion fasste sie zu Ötzis Zeit Fuß.

FARBENPRACHT
Der Rohstoff für Ötzis Beilklinge wurde nicht unter Tage gewonnen; man verarbeitete Kupfererze wie den grünen Malachit, die sich in dünnen Krusten an der Oberfläche vieler Kupferlagerstätten ausbilden und leicht abgeschabt und gesammelt werden können.

Kupferschmelzöfen im Südtiroler Archäologiemuseum

WIE WIRD AUS ERZGESTEIN KUPFER GEWONNEN?
Zerkleinertes und durch Rösten vom Schwefel befreites Kupfer-Eisenerz wird schichtweise mit Holzkohle in gemauerte Ofenschächte gefüllt. Der nötige Sauerstoff wird mit einem Blasebalg zugeführt. Sobald nach mehreren Stunden die Schmelztemperatur von rund 1100 °C erreicht ist, trennt sich das Kupfer von der eisenhaltigen Schlacke, die beim Ofenanstich abfließt. Der Gusskuchen aus Rohkupfer bleibt am Grund des Ofens zurück.

EINE WEITERE BESONDERHEIT

Ötzis Beil besitzt den bisher einzigen bekannten Holm aus Eibenholz – vergleichbare Funde sind gewöhnlich aus Eschenholz gemacht. Die Eibe *(Taxus baccata)* liefert zwar ein vorzügliches Nutzholz – harzfrei, hochelastisch, dauerhaft, zäh und schwer – lässt sich aber eben aufgrund dieser Härte schwer bearbeiten.

KNIEHOLMSCHÄFTUNG

Sein wertvollstes Werkzeug fertigte Ötzi aus Eibenholz, und zwar aus jenem Teil des Stammes, aus dem seitlich, fast rechtwinklig, ein starker Ast herauswuchs. Aus dem Stammteil schnitzte er den Holm, aus dem Ast den Schaft. Die natürliche Verbindung von Stamm und Ast verleiht dem Beilgriff optimale Haltbarkeit.

FACHMÄNNISCH GEHÄMMERT

Das Metall der Klinge stellte sich bei der Untersuchung als fast reines Kupfer heraus – mit Spuren von Arsen und Silber. Reines Kupfer lässt sich schwer gut gießen: Beim Schmelzprozess gebundener Sauerstoff bildet – sobald das Metall sich beim Erkalten zusammenzieht – kleine Hohlräume, sogenannte Lunker. So auch in Ötzis Klinge, und zwar am Nacken. Die Schneide wurde mit großem Geschick gedengelt.

KUPFERGUSS

Das flüssige Metall wird in eine Form aus Stein oder Ton gegossen. Die Gussform steht aufrecht. Nach dem Erkalten wird der Rohling gehämmert und geschliffen.

Gefährliche Jagdwaffe

Der größte Gegenstand aus Ötzis Ausrüstung ist der 1,82 m lange Bogenstab aus Eibenholz – er überragte seinen Besitzer um gut 20 cm. Dieser Bogen ist noch nicht schussbereit: Es fehlen der Griffteil und die Kerben für die Sehnenschlaufen – eine Arbeit, die schnell erledigt gewesen wäre, doch ist Ötzi vorher gestorben. Entweder hat er den alten Bogen verloren oder dieser war nicht mehr funktionstüchtig. Unfertig sind auch zwölf der vierzehn Pfeile, die man im Köcher fand, die beiden fertigen sind merkwürdigerweise zerbrochen. Auch der Köcher war bereits beschädigt, als der Tote vom Schnee bedeckt wurde. Pfeile und Bogen waren für den Mann aus dem Eis mit Sicherheit sehr wichtig. Er hatte noch versucht, sie durch neues Gerät zu ersetzen.

GEMEINSAM
Die Menschen der Steinzeit gingen wahrscheinlich in Gruppen auf Großwildjagd: Die einen trieben die Tiere, die anderen erwarteten sie mit tödlichen Pfeilen. Auf dem Speiseplan stand das Fleisch von Bären, Hirschen, Gämsen und Steinböcken, kleinen Säugetieren, Vögeln und Fischen.

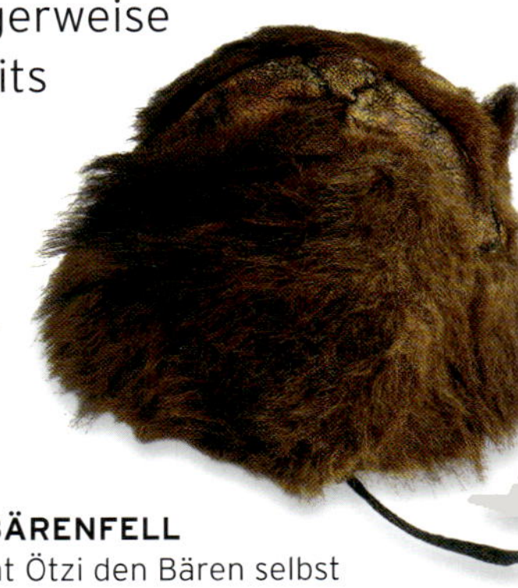

BÄRENFELL
Vielleicht hat Ötzi den Bären selbst erlegt, aus dessen Fell die Kopfbedeckung gefertigt wurde.

GESCHICKT GESCHNITZT
Die Bearbeitungsspuren (Facetten) lassen sich gut erkennen, weil der Bogen nicht fertig gestellt ist – also weder geglättet, noch eingefettet, noch mit Sehnenfasern umwickelt.

DAS WERKZEUG
Den Stab hat Ötzi mit Beil und Feuersteindolch aus einem Eibenstamm herausgearbeitet und zu einem Bogen mit D-förmigem Querschnitt und sich verjüngenden Enden zurechtgeschnitzt.

HARTHOLZ
Für seinen Bogen hat Ötzi das harzfreie, zähe und hochelastische Holz der Eibe gewählt. An der scharfkantigen Schnitzfacettierung erkennt man, dass sich dieses harte Holz schwer bearbeiten lässt.

Von der Bergung herrührende Bruchstelle

ABSOLUT TÖDLICH
Versuche zeigten, dass man mit einem derartigen Bogen aus einer Entfernung von 30 bis 50 m zielsicher Wildtiere, z. B. Braunbären, erlegen kann.

VOGELFANG UND HASENJAGD
Zu Ötzis Ausrüstung gehört auch ein grobmaschig geknüpftes Netz. Es ist aus Grasschnüren gefertigt und diente wahrscheinlich dem Vogelfang. Auch Hasen wurden in der Urgeschichte mit solchen Netzen gejagt, indem man sie in das gespannte Netz trieb und dann mit einer Keule erschlug.

ROHMATERIAL UND ERSATZ

Neben den 14 Pfeilen fand man in Ötzis Köcher vier Hirschgeweihspitzen, einen gekrümmten Geweihdorn, zwei Tiersehnen und eine aufgewickelte Schnur. Die rund 2 m lange Schnur aus Baumbast hätte sich notfalls als Sehne für Ötzis unfertigen Bogen geeignet. Mit dem gekrümmten Geweihdorn häutete Ötzi wahrscheinlich erlegte Tiere. Aus Tiersehnen lässt sich, wenn man sie zerfasert, ein äußerst haltbarer Faden herstellen. Mit diesem Material wurde der größte Teil von Ötzis Fellkleidung zusammengenäht.

HASELRUTE ALS KÖCHERVERSTEIFUNG

Die Hasel bildet ein zähes und biegsames Holz – ideal als Rohstoff für die seitliche Versteifungsstrebe des Köchers.

RAFFINIERTE DETAILS

Die Pfeile sind extrem tief eingekerbt: Auf diese Weise konnte Ötzi sie in die Sehne einklemmen und sogar bei großer Kälte mit klammen Fingern abschießen: Er spannte die Sehne, ohne gleichzeitig den Pfeil halten zu müssen. Äußerst wirkungsvoll ist auch die Befiederung am Schaftende: Sie versetzt das Geschoss in eine Drehbewegung und stabilisiert damit den Flug.

DER KÖCHER

Ötzis Köcher ist ein länglicher Sack aus Gämsenfell. Die 92,2 cm lange Versteifungsstrebe ist mit Lederbändern an der Längsnaht des Fellsacks befestigt; Tragriemen und Verschlussklappe fehlen. Gut erhalten ist indes der zweite Deckel des Köchers, die Flügelklappe. Sie ist kunstvoll verziert. Zog Ötzi einen Pfeil heraus, musste er zuerst die Verschlussklappe nach oben und dann die Flügelklappe zur Seite schlagen. Durch diesen zweifachen Verschluss waren die empfindlichen Pfeilenden gut geschützt.

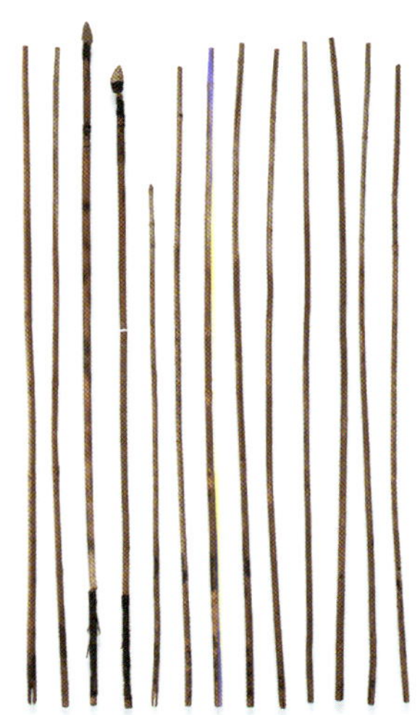

FREMDE FEDERN

Einer von Ötzis fertigen Pfeilen ist wahrscheinlich nicht von ihm selbst hergestellt worden; vielleicht hat er ihn gefunden oder erbeutet: Dieser Pfeil ist länger als die übrigen Pfeile und von einem Linkshänder gemacht – erkennbar an der Windungsrichtung des Garns, mit dem die Befiederung befestigt ist. Den anderen fertigen Pfeil hingegen hat ein Rechtshänder umwickelt.

Steinzeittechnik

Entrindetes Holz des Wolligen Schneeballs

WOLLIGER SCHNEEBALL
Der größte Teil von Ötzis Pfeilen ist aus dünnen Trieben des Wolligen Schneeballs geschnitzt. Dieser Strauch bildet lange, gerade wachsende und dabei sehr zähe Triebe.

Pfeilnachbildung mit Mäusebussard-Befiederung

WILDVOGELFEDERN
Die Federn der Pfeilschaftbefiederung müssen von einem Wildvogel stammen, da der jungsteinzeitliche Mensch noch kein Hausgeflügel hielt. In Betracht kommen Schwarzspecht, Alpendohle, Alpenkrähe, Kolkrabe, Auerhahn, Waldrapp, Steinadler, Mönchsgeier, Schmutzgeier und Gänsegeier. Alle diese Vögel kamen in Ötzis Lebensraum vor.

Radialbefiederung

Ötzi arbeitete vor seinem Tod an einem neuen Bogen und an mehreren Pfeilen. Wie weit er damit gekommen ist, zeigen die Originalfundstücke im Südtiroler Archäologiemuseum: Der Bogen ist zwar fertig geschnitzt, aber noch nicht geglättet und ohne Griffteil, Kerben und Sehne; für die zwölf neuen Pfeile konnte Ötzi nur noch die Schäfte vorbereiten. Dazu hatte er Triebe des Wolligen Schneeballs entrindet und zum Einsetzen der Klinge eingekerbt. Als Nächstes hätte er wahrscheinlich die zwölf Kerben zum Einlegen der Bogensehne geschnitzt und dann die Schäfte geglättet. Offensichtlich stellte Ötzi nicht Pfeil für Pfeil her, sondern arbeitete sozusagen in Serienfertigung; das ersparte einen ständigen Werkzeugwechsel. Ein Archäologe veranschaulicht, wie die weiteren Arbeitsschritte zur Herstellung eines Ötzi-Pfeiles ausgesehen hätten.

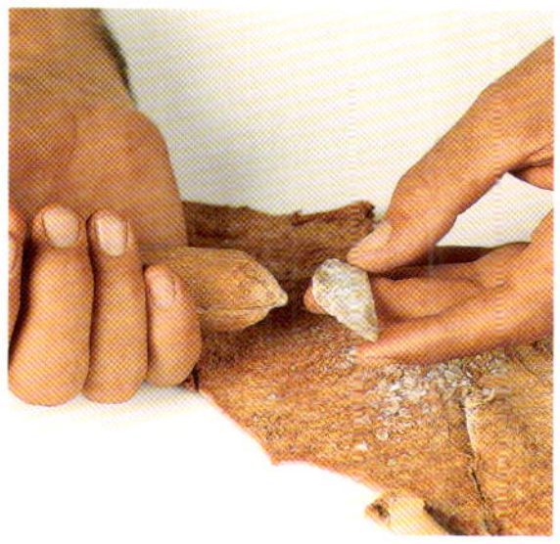

GEZIELTER DRUCK
Die Pfeilspitze wird mit einem Geweihstück aus einem Feuersteinrohling grob herausgeschlagen und anschließend mit dem Retuscheur in die endgültige Form gebracht.

KLEBSTOFF DER STEINZEIT
Birkenpech wird so lange geschmort, bis sich ein asphaltartiger Teer bildet. Dann werden die hintere Hälfte der Pfeilspitze und die Kerbe im Schaft damit bestrichen.

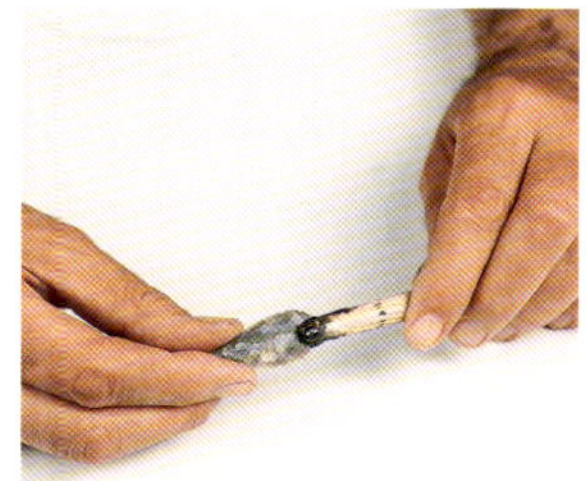

EILE GEBOTEN
Das Einsetzen der Pfeilspitze muss flott vor sich gehen: Kühlt der Birkenteer ab, wird er hart wie Glas.

DOPPELT HÄLT BESSER
Um den Schaft wird nun ein dünner Faden gewickelt, der sich in den Birkenteer einfrisst. Ötzi verwendete dazu Tiersehnen.

SCHARFE SCHNITTE
Der hintere Schaftteil wird tief eingekerbt und rundum etwas verdünnt. Ötzi benutzte für diese Arbeit wahrscheinlich die scharfe, kleine, rundliche Lamelle in seiner Gürteltasche.

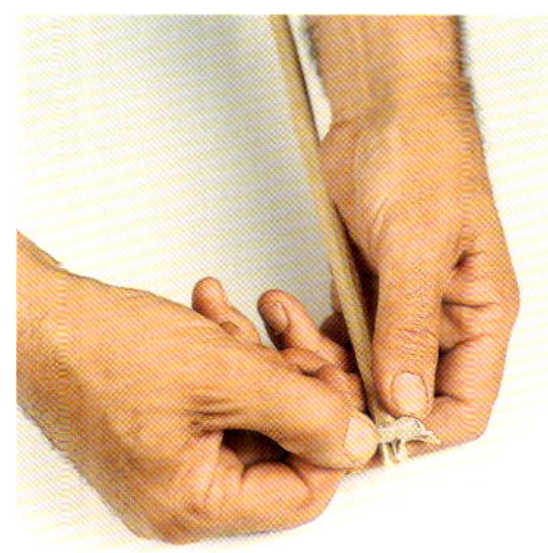

FEINARBEIT
Eine scharfe Feuersteinklinge schlitzt den Federkiel auf; dann werden die beiden Federhälften für die Radialbefiederung zugeschnitten. Diese verleiht dem Pfeil einen tödlichen Drall.

VORSICHT MIT DEM ALLESKLEBER
Die drei flachen Einschnitte für die Federhälften sind 13 cm lang; eine davon wird mit erhitztem Birkenteer bestrichen.

„ROTATIONSFLÜGEL“
Schnell, aber vorsichtig wird nun eine Federhälfte in den bestrichenen Einschnitt gedrückt. Nachdem der Birkenteer abgekühlt und hart ist, kann die zweite und dann die dritte Federhälfte eingesetzt werden.

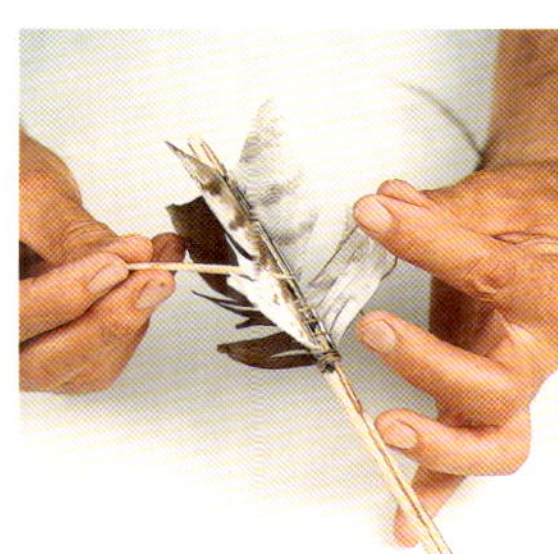

PASST!
Schließlich werden die fixierten Federhälften spiralig mit einem Faden umwickelt, wobei ein Geweihdorn die Federfahne auseinander spreizt. Ötzi verwendete als Bindfaden die gedrehten Fasern einer Nessel.

Die Birkenrindengefäße

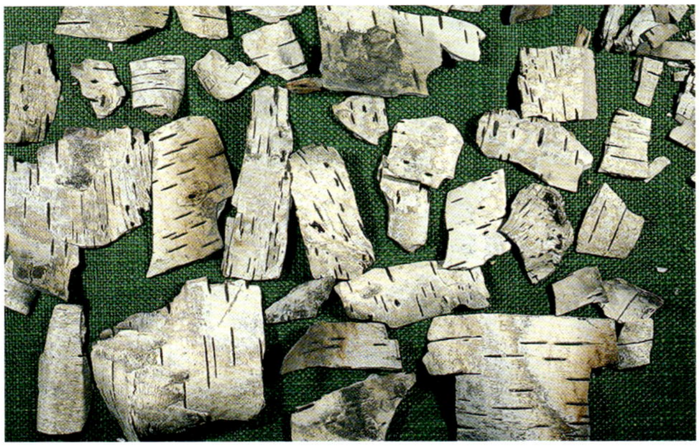

PUZZLE
Aus diesen spärlichen Bruchstücken stellten Fachleute im Römisch-Germanischen Zentralmuseum in Mainz Ötzis rund 20 cm hohe Birkenrindengefäße teilweise wieder her.

Archäologen arbeiten wie Detektive. Jedes noch so kleine Fundstück wird genau untersucht und mit anderen Funden verglichen. Sind alle – auch zunächst unbedeutend erscheinende Informationen – zusammengetragen, lässt sich manches Rätsel lösen oder der Beweis für eine Annahme erbringen. So geschah es mit den ausgetrockneten und äußerst brüchigen Birkenrindenstücken, die man am Tisenjoch – zertreten und in alle Winde verstreut – auflas. Sie wurden gesammelt und dokumentiert, konserviert und restauriert – und natürlich eingehend und mit moderner Technik untersucht. Aufgrund dieser Forschungsarbeit wissen wir heute, zu welchem Gegenstand diese Stückchen gehören, welche Form und welchen Verwendungszweck sie hatten, wo sich Ötzi vor seinem Tod aufhielt und in welcher Jahreszeit er starb.

WICHTIGER ROHSTOFF
Aus Birkenrinde waren nicht nur Ötzis Behälter gefertigt; sie diente auch zur Herstellung von Birkenteer, dem „Klebstoff der Steinzeit“: Kleine Röllchen Birkenrinde werden in einem Topf erhitzt. Unter Sauerstoffmangel zersetzt sich die Rinde und es entsteht Teer.

Birkenteer

GUT ERHALTEN
Die Innenseite dieses Behälters ist naturfarben, also gelb-weiß. Was Ötzi darin aufbewahrte, lässt sich nicht mehr feststellen. Die Birkenrindengefäße sehen aus wie zylindrische Dosen. Einen Deckel hat man nicht gefunden, wohl aber dünne Baststreifen, mit denen das Behältnis vernäht war. Die Löcher der Nähte sind noch deutlich erkennbar.

BEWEISSTÜCKE
Bei den Resten der Birkenrindengefäße fand man diese Spitzahornblätter, an denen Holzkohleteilchen hafteten. Ötzi benutzte demnach einen seiner Behälter – nämlich den an der Innenseite verkohlten – zum Transport von Glut. Die Blätter dienten dabei als Isoliermaterial und bewahrten die Glut über Stunden. Botaniker untersuchten den Chlorophyllgehalt dieser Blätter (Anteil an grünem Farbstoff) und schlossen daraus, dass Ötzi nicht im Herbst, wie ursprünglich angenommen, sondern im späten Frühjahr oder im Frühsommer ums Leben gekommen ist.

Fichte

Kornelkirsche

Wacholder

SPUREN EINES AUFSTIEGS

Die Holzkohlepartikel an den Ahornblättern stammen von sechs verschiedenen Holzarten. Darunter befinden sich die Ulme *(Ulmus* sp.*)*, die nur in tiefen Lagen gedeiht, und die Netzweide *(Salix reticulata T.)*, die oberhalb der Waldgrenze wächst. Ötzi zog demnach in Etappen mit seinen Lagerfeuern vom Talgrund bis in das Hochgebirge hinauf.

WEITERE BEWEISE

In den Spitzahornblättern waren – neben winzigen Holzkohlepartikeln – noch Nadeln der Fichte *(Picea abies)* und des Wacholders *(Juniperus* sp.*)* eingebettet, außerdem Spelzen- und Fruchtschalenteile von Einkorn *(Triticum monococcum)* und Weizen *(Triticum* sp.*)* – ein Beweis dafür, dass Ötzi aus einer getreideanbauenden Gemeinschaft kam. Auch Hölzer aus der Ausrüstung liefern Hinweise: Die Kornelkirsche, aus deren Holz vermutlich einer von Ötzis Pfeilschäften gefertigt ist, wächst hauptsächlich südlich des Alpenhauptkammes.

Im Glutbehälter fanden sich auch Holzkohlebröckchen der Kiefer *(Pinus* sp.*)*.

Nahtlöcher

GLUTBEHÄLTER

Die Innenseite dieses Gefäßes ist mit Kohle und Asche in Berührung gekommen und deshalb schwärzlich eingefärbt. Ötzi trug die Glut seines letzten Feuers mit sich; so konnte er schnell und mühelos ein neues entfachen.

ENTTÄUSCHUNG FÜR DIE ARCHÄOLOGEN!

Ötzi führte kein keramisches Gefäß mit sich – ein leichter Birkenrindenbehälter ist im Gebirge zweckmäßiger als ein schweres, zerbrechliches Tongefäß. Da vorgeschichtliche Kulturen aber nach ihrer keramischen Hinterlassenschaft eingeteilt werden, fehlt uns damit ein wichtiges Zuordnungskriterium: Wir wissen somit nicht exakt, welcher Kulturgruppe Ötzi angehörte.

Experimente mit Feuer

Die Beherrschung des Feuers war für Ötzi und seine Zeitgenossen überlebenswichtig. Es schützte gegen Kälte und wilde Tiere, machte Fleisch und andere Nahrungsmittel bekömmlicher und leichter verdaulich und ermöglichte die Herstellung von Metall und Keramik. Durch Brandrodung wurden die Siedlungsflächen vergrößert. Als unentbehrliches und gleichzeitig zerstörerisches Element spielt das Feuer auch im Kult der Vorzeit eine wichtige Rolle. Da das Feuermachen umständlich war und bei feuchtem Wetter nicht immer gelang, bewahrte man die Glut unter Asche oder Erde auf, um damit anderentags ein neues Feuer zu entfachen. Wer – wie Ötzi – unterwegs war, wickelte glimmende Kohle in frisches Gras oder Blätter ein. Erlosch diese Glut, konnte man immer noch das Feuerzeug benutzen. Teile eines urgeschichtlichen Schlagfeuerzeuges verwahrte Ötzi in seinem Gürteltäschchen. Dass ein solches Feuerzeug einwandfrei funktioniert, lässt sich überzeugend demonstrieren.

SCHLAGKRAFT
Pyrit, ein sehr hartes Gestein, wird so lange gegen die scharfe Kante eines Feuersteinkerns geschlagen, bis Funken sprühen. Auch erfahrenen Feuerschlägern gelingt dies nicht auf Anhieb.

FUNKENREGEN
Sobald ein Funke auf ein darunter liegendes, zerbröseltes Stück Zunderschwamm fällt, beginnt dieses zu glimmen.

HÄRTER ALS GOLD
In Ötzis Zunderschwamm entdeckte man winzige, hellgelb glänzende Pyritkristalle. Pyrit, auch Schwefelkies genannt, fehlte zwar im Gürteltäschchen, aber die Abriebspuren am Zunder zeigen, dass Ötzi dieses Material schon einmal in seinem Gürtel mitgeführt hatte.

FLAUMWEICH
Ötzis Zunderschwamm war bearbeitet; wahrscheinlich in ähnlicher Weise, wie man ihn noch in historischer Zeit und bis in die Neuzeit aufbereitete: Das weiche Fruchtfleisch des Baumpilzes wurde in Scheiben geschnitten und in Salpeterlösung getränkt. Anstelle dieser Lösung wurde in prähistorischer Zeit vermutlich Urin verwendet. Die Entzündbarkeit eines organischen Materials kann nämlich erhöht werden, wenn dieses mit Stickstoff – der sowohl in der Salpeterlösung als auch im Urin vorhanden ist – vermischt wird. Vor dem Gebrauch wird das gut getrocknete Zundermaterial aufgerieben, bis es faserig und flockig wie Watte ist.

VERMEIDBARE MÜHEN
Die Feuergewinnung mithilfe eines Schlagfeuerzeuges ist zeitaufwändig und funktioniert im Freien nur bei trockenem Wetter – bei Schlechtwetter saugen Zunderschwamm, Heu, Laub und dürre Äste zu viel Luftfeuchtigkeit auf. Deshalb führte Ötzi einen Glutbehälter mit sich.

LEICHT ENTZÜNDBAR
Als Zunder eignen sich verschiedene Materialien, am besten jedoch der Echte Zunderschwamm *(Fomes fomentarius)*. Dieser Pilz – ein Porling – befällt meist kranke oder abgestorbene Buchen und bildet einen bis zu 30 cm großen Fruchtkörper aus.

VERWENDET WIRD NUR DAS FRUCHTFLEISCH
Vom Echten Zunderschwamm wird nur ein Teil des Fruchtkörpers als Zunder verwendet, und zwar das zwischen oberer Kruste und unterer Röhrenschicht gelegene Fruchtfleisch (Trama). Die Menschen der Steinzeit schabten es mit scharfen Feuersteinklingen oder Lamellen aus dem Pilz heraus.

FLAMMENHERD
Der Glutherd wird auf ein Büschel Heu gelegt und behutsam angeblasen.

NACHSCHUB
Bald brennt das Büschel und kann weitere, leicht entflammbare Materialien entzünden.

WIE EINE FACKEL
Wird das brennende Heubüschel auf trockenes Laub und kleine Zweige gelegt und weiter angeblasen, brennt bald das ganze Häufchen lichterloh – das Experiment ist gelungen!

Ausgewählte Rohstoffe

Ötzis Kleidung und Ausrüstung besteht vor allem aus organischen Materialien, also aus natürlichen Rohstoffen wie Leder, Holz und Gras. Alle diese Materialien wurden gezielt ausgewählt und verraten uns viel über Ötzis Lebensraum. Erstaunlich ist die Vielfalt der verwendeten Rohstoffe: Offensichtlich wurde für jedes Kleidungs- und Ausrüstungsstück das jeweils am besten geeignete Material ausgewählt. Die Felle, aus denen Ötzis Kleider gefertigt sind, werden zurzeit mit einer neuartigen wissenschaftlichen Methode untersucht.

FALSCH BESTIMMT?

Den Rohstoff für Ötzis Kleidung lieferten Haus- und Wildtiere. Bär, Hirsch und Gämse mussten gejagt werden; auch die Federn der Pfeilschaftbefiederungen stammen von einem Wildtier – Ötzis Zeitgenossen kannten noch kein Hausgeflügel. Ob Mütze und Schuhsohlen tatsächlich vom Pelz des Braunbären *(Ursus arctos)* stammen, werden neuerliche Untersuchungen der Felle zeigen.

WENDIGER KLETTERER

Zur Herstellung des Köchers diente die Haut der Gämse *(Rupicapra rupicapra)*. Auch die kleine Ahle aus dem Gürteltäschchen könnte von einem Knochen dieses Tieres stammen.

GEJAGT ODER GESAMMELT?

Vom Rothirsch *(Cervus elaphus)* stammen der Dorn des Retuscheurs, der große, gekrümmte Geweihdorn und die vier gebündelten Geweihspitzen. Sie lassen nicht erkennen, ob sie aus Abwurfstangen (abgeworfenen Teilen des Geweihs) oder aus der Stirnwaffe erlegter Tiere gefertigt wurden.

Innenseite einer Birkenrinde

WICHTIGES NUTZTIER

Die vielfältige Verwendung von Ziegenfellen – Ledermantel, Lendenschurz, Leggings – weist darauf hin, dass die Viehzucht für Ötzi eine wichtige Rolle spielte. Die Ziege *(Capra hircus)* zählt – neben Hund *(Canis familiaris)*, Schaf *(Ovis aries)*, Schwein *(Sus domesticus)* und Rind *(Bos taurus)* – zu den fünf klassischen Haustierarten der Jungsteinzeit in Mitteleuropa. Nördlich der Alpen hielt man hauptsächlich Rinder und Schweine, südlich der Alpen vor allem Schafe und Ziegen.

Außenseite einer Birkenrinde

HOLZ- UND BASTLIEFERANT

Ein Aststück der Linde *(Tilia* sp.*)* verarbeitete Ötzi zum Druckstab seines Retuscheurs. Die Fasern des Lindenbastes drillte und zwirnte er zu reißfesten Fäden und Schnüren und bündelte damit die Geweihspitzen und die Rohsehnen in seinem Köcher.

ALLERORTS VERFÜGBAR

Ötzi führte zwei Gefäße aus Birkenrinde mit sich. Die Birke *(Betula* sp.*)* wurde in vorgeschichtlicher Zeit nicht nur als „Klebstoff"-Lieferant geschätzt; Birkenrinde ist auch ideal für die Anfertigung von Behältern und Etuis. Von jungen Bäumen lässt sich die Rinde leicht abziehen; sie ist flexibel und in getrocknetem Zustand sehr widerstandsfähig.

ISOLIERMATERIAL
Die Blätter des Spitzahorns *(Acer platanoides)* hat Ötzi als Isoliermaterial für die Glut verwendet. In den Alpentälern nördlich der Fundstelle kam dieser Baum damals nicht vor. Typisch für den Spitzahorn sind die handförmigen Blätter.

PFEILGERADE
Die dünnen Triebe des Wolligen Schneeballs *(Viburnum lantana)* sind besonders geradwüchsig. Deshalb wurde aus ihnen der größte Teil von Ötzis Pfeilschäften geschnitzt.

ZWEIERLEI HOLZ
Einer von Ötzis beiden einsatzbereiten Pfeilen, nämlich der längere, ist ein sogenannter Kompositpfeil. Das heißt, dass der hölzerne Schaft aus zwei Teilen zusammengesetzt ist. Der kurze vordere Schaftteil stammt nicht – wie alle anderen Pfeilhölzer – vom Schneeball, sondern entweder vom Blutriegel *(Cornus sanguinea)* oder von der Kornelkirsche *(Cornus mas)*. Der Blutriegel ist nördlich wie südlich des Alpenhauptkammes verbreitet, die Kornelkirsche hingegen wächst – mit Ausnahme des Bodenseegebietes – nur südlich der Wasserscheide; in Südtirol im östlichen Vinschgau nahe von Meran und in der Umgebung von Bozen.

Felsenbirne

BRENNSTOFF
Das Holz der Felsenbirne *(Amelanchier* sp.*)* verwendete Ötzi zum Feuermachen.

Die Früchte der Felsenbirne sind essbar.

FLEXIBEL
Die biegsamen Ruten der Hasel *(Corylus avellana)* wurden in vorgeschichtlicher Zeit beim Hausbau – für das Flechtwerk der Lehmwände – und zur Errichtung von Backofenkuppeln benötigt. Je ein Haselstock wurde für den U-förmig gebogenen Rahmen von Ötzis Rückentrage und für die Versteifungsstrebe seines Köchers verwendet.

VORZÜGLICHES NUTZHOLZ
Das Holz der Eibe *(Taxus baccata)* diente in der Urgeschichte fast ausschließlich der Herstellung von Bogen – Ötzi wählte es auch für seinen Beilholm aus. Eibenholz fault nicht, sondert kein Harz ab und ist sehr schwer. Der Baum bevorzugt mittlere Gebirgslagen und wintermilde Standorte an südseitigen Hängen.

GRASDECKE
Diese Sumpfgräser ähneln den alpinen Süßgräsern *(Glyceria maxima)*, aus denen Ötzis Grasmatte geflochten ist. Sie wachsen in hochalpinen Zonen und erreichen eine stattliche Länge.

Datierung

DIE ERSTEN HIEROGLYPHEN
Ötzi lebte vor über 5000 Jahren. Damals entstanden die Hieroglyphen und wurden die ersten Pharaonenreiche errichtet.

In den Tagen nach seiner Entdeckung wurde Ötzi ein immer höheres Alter zugeschrieben: Vermeinten die Entdecker eine zehn bis zwanzig Jahre alte Gletscherleiche vor sich zu haben, dachte man später an das Opfer eines Bergunfalls aus der Zeit des Zweiten Weltkriegs. Mit jedem Augenschein kletterten die Datierungen Jahrhunderte nach oben, bis der Archäologe Konrad Spindler ein unvorstellbares Alter von mindestens 4000 Jahren schätzte. Gewissheit brachte schließlich ein naturwissenschaftliches Verfahren, bei dem man den radioaktiven Zerfall misst: die Radiokarbondatierung. Die Messdaten dieser sogenannten C-14-Methode wurden noch durch die Dendrochronologie – ein weiteres Verfahren zur Altersbestimmung – präzisiert; dann stand fest: Ötzi lebte in der Zeit zwischen 3350 und 3100 v. Chr.

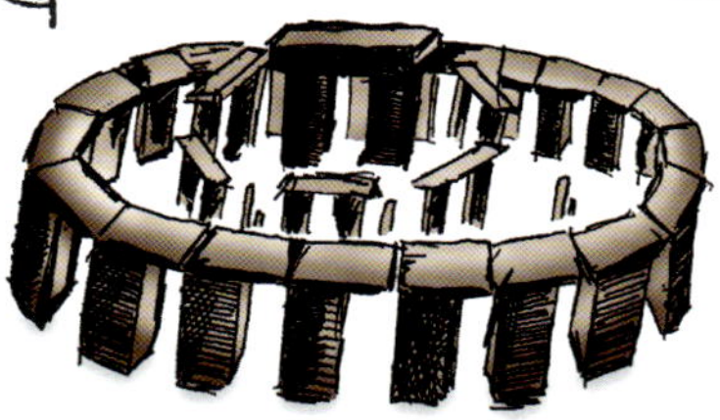

ÄLTER ALS DIE ÄGYPTISCHEN MUMIEN
Ötzi lag bereits 500 Jahre in seinem Eisgrab, da wurde in England Stonehenge errichtet; weitere 300 Jahre später ließ Cheops die Große Pyramide bauen. Als in Ägypten die Kunst der Balsamierung – um 1000 v. Chr. – ihren Höhepunkt erreichte, war Ötzi schon mehr als 2000 Jahre tot.

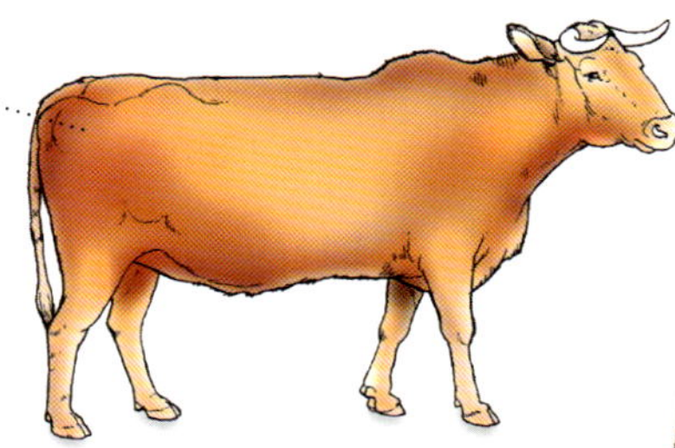

C-14 gelangt über die Nahrungskette in Tiere und Menschen.

RADIOKARBONDATIERUNG
In der Erdatmosphäre wird durch die kosmische Strahlung Stickstoff in das radioaktive Kohlenstoff-Isotop C-14 umgewandelt. Dieses gelangt durch die Photosynthese in die Pflanzen und über die Nahrungskette in Tiere und Menschen. Stirbt ein Lebewesen, wird die C-14-Zufuhr unterbrochen und das Kohlenstoff-Isotop abgebaut – aber nur sehr sehr langsam in ganz bestimmten Raten. Nach 5730 Jahren ist noch die Hälfte vorhanden, nach weiteren 5730 Jahren nur noch ein Viertel usw. Deshalb lässt sich anhand der Restmenge an radioaktivem Kohlenstoff in einer Probe das Alter errechnen. Zur Messung muss die Probe aufbereitet werden, da die Anzahl von C-14-Isotopen in einem lebenden Organismus äußerst gering ist. Dazu werden z. B. aus einem Knochenpartikel die Eiweiße extrahiert und in Benzol umgewandelt. Schwankungen der C-14-Konzentration in der Atmosphäre lassen Radiokarbondatierungen, sofern sie weiter als 3000 Jahre zurückreichen, ungenau werden. Diesem Problem lässt sich durch die Dendrochronologie begegnen – die Baumringdatierung korrigiert die Fehler der C-14-Methode.

FÜNF LABORS – EIN BEFUND
Für die C-14-Untersuchung der Gletschermumie entnahm man der linken, zerstörten Hüfte winzige Knochenpartikel und Gewebefasern und schickte sie zur Erforschung an wissenschaftliche Institute in Oxford und Zürich. Pflanzliches Material wurde in Uppsala, in Cambridge und in Paris untersucht. Die von den Labors in Großbritannien, der Schweiz, Schweden, den USA und in Frankreich unabhängig voneinander bestimmten Proben ergaben ein einheitliches Alter.

Organisches Material

Anorganisches Material

GUTE VORAUSSETZUNGEN
Für die Radiokarbondatierung eignet sich ausschließlich organisches Material wie Knochen, Pflanzenteile oder Leder. Gegenstände aus anorganischem Material, die keinen atmosphärischen Kohlenstoff enthalten – Metall, Stein oder Keramik –, lassen sich mit der C-14-Methode nicht datieren. Der Fund vom Tisenjoch bietet also ideale Voraussetzungen für diese Art der Datierung.

SCHERBEN ALS INDIZIEN

Ein wichtiger Schlüssel zur Altersbestimmung ist die Keramik. Ihre Formen, Verzierungen und Herstellungstechniken sind vielfältig und ständig sich verändernden Moden unterworfen. Das war im Neolithikum nicht grundsätzlich anders als in unserer Zeit. Die Archäologen kennen die besonderen Merkmale der Keramik einer bestimmten Zeit in einem bestimmten Gebiet. Indem sie eine Scherbe mit bereits bekannten, datierbaren Tonwaren vergleichen, können sie deren Alter bestimmen. Zum Leidwesen der Archäologen fand man bei Ötzi keine Keramik.

DENDROCHRONOLOGIE

Die Baumringdatierung beruht darauf, dass Baumstämme in gemäßigten Klimazonen alljährlich einen neuen Ring ansetzen. Diese Jahresringe sind in niederschlagsarmen Jahren schmäler, unter günstigen Wetterverhältnissen breiter. Dadurch lässt sich eine weit in die Vergangenheit zurückreichende Standardchronologie ermitteln, d. h. eine vergleichbare Abfolge in der Breite der Jahresringe – dargestellt in einem Kurvendiagramm.

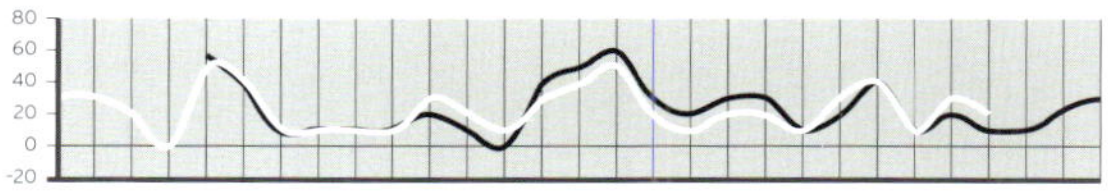

Die Breite der Jahresringe hängt vom Klima ab.

SCHRITTWEISE IN DIE VORGESCHICHTE

Legt man die Kurven von zunehmend älteren Hölzern – zum Beispiel von frisch gefällten Bäumen, von neuzeitlichen Dachstühlen, von mittelalterlichen Brücken, von römischen Schiffen usw. – an den übereinstimmenden Stellen übereinander, kann man die Abfolge immer weiter nach hinten ausdehnen: Der Jahresringkalender reicht mittlerweile lückenlos etwa 10.000 Jahre in unsere Vergangenheit zurück.

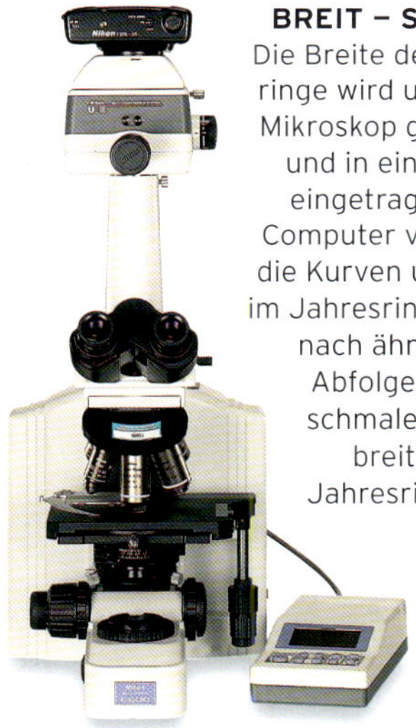

BREIT – SCHMAL

Die Breite der Jahresringe wird unter dem Mikroskop gemessen und in eine Skala eingetragen. Ein Computer vergleicht die Kurven und sucht im Jahresringkalender nach ähnlichen Abfolgen von schmalen und breiten Jahresringen.

KLEINHOLZ UNGEEIGNET

Um eine Holzprobe überhaupt in den Jahresringkalender einpassen zu können, muss diese eine Abfolge von mindestens 50 Jahresringen aufweisen. Unter Ötzis Holzgegenständen besitzt der Bogenstab die meisten Jahresringe. Sie reichen aber für eine Bestimmung vorerst nicht aus. Mit der dendrochronologischen Methode konnten somit lediglich die C-14-Daten korrigiert werden.

Konservierung und Restaurierung

ALLES AUF EINEM HAUFEN
Der Großteil von Ötzis Bekleidung präsentierte sich bei der Bergung als unansehnlicher Klumpen aus Lederfetzen, Flechtwerk und Haarbüscheln.

Viele Gegenstände der Vergangenheit bleiben nur so lange gut erhalten, bis sie entdeckt und freigelegt werden. Häufig müssen geborgene Materialien sofort speziell behandelt werden, damit sie nicht verrotten – dann erst können sie restauriert und ausgestellt werden. Die Beifunde der Gletschermumie kamen sofort nach ihrer Bergung in die Werkstätten des Römisch-Germanischen Zentralmuseums in Mainz. Dort begann eine aufregende Zeit des Forschens und Entdeckens, die ganze drei Jahre in Anspruch nahm. Durch das Zusammenfügen der vielen Fragmente entstand nach und nach ein umfassendes Bild von Ötzis Bekleidung, Ausrüstung und Lebensraum. Jetzt erst wurde deutlich, über welch großes handwerkliches Wissen und Geschick die Menschen der Vorzeit verfügten. Das beeindruckende Ergebnis dieser mehrjährigen Arbeit ist heute im Südtiroler Archäologiemuseum in Bozen für alle zugänglich.

WIND UND WETTER AUSGESETZT
Einige Ausrüstungsgegenstände lagen auf einem höher gelegenen Felssims und wurden früher vom Eis freigegeben als der Leichnam. Entsprechend länger waren sie den schädlichen Einflüssen der Nachtfröste, den Feuchtigkeitsschwankungen und der prallen UV-Strahlung ausgesetzt.

Werkzeug für die Keramikrestaurierung

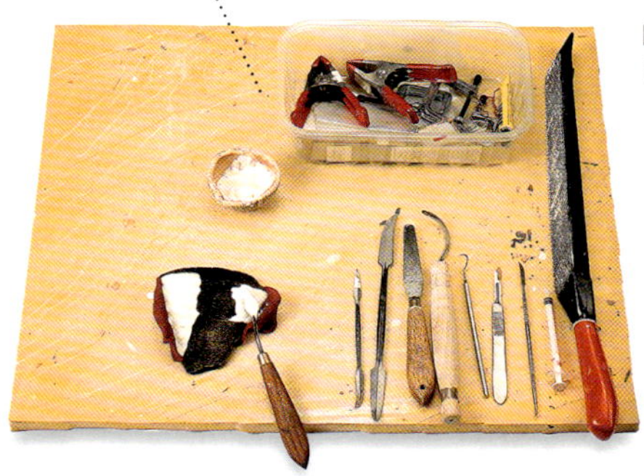

LÜCKENBÜSSER
Fehlende Stücke von Tonwaren werden durch Gips ersetzt (ergänzende Maßnahme). Dabei wird die freie Stelle innen mit Wachs und Kreppklebeband abgedeckt und anschließend mit Gips gefüllt. Sobald der Gips trocken ist, wird er geglättet und bemalt. Restaurierungen sollen unauffällig, aber bei näherer Betrachtung klar ersichtlich sein, damit man die Ergänzungen von den Originalstücken unterscheiden kann.

RESTAURIERTES TONGEFÄSS
Keramik gehört zu den häufigsten Fundobjekten archäologischer Ausgrabungen. Sie überdauert nämlich wie Stein und Gold die Jahrtausende. Allerdings sind die meisten der geborgenen Tonwaren zerbrochen und unvollständig. Oft aber bleiben von einem Gefäß genügend Teile erhalten, um dessen Form zu rekonstruieren. Dazu werden die Teile gereinigt und dann wie ein Puzzle zusammengesetzt.

Die zusammengefügten Teile werden zum Trocknen in eine Kiste mit Sand gelegt.

ÜBER DAMPF
Besondere Sorgfalt erforderte die Arbeit an Ötzis Birkenrindengefäßen. Die wenigen erhaltenen Teile waren bei ihrer Ankunft in den Mainzer Restaurierungswerkstätten vollkommen ausgetrocknet und äußerst brüchig. Mit Dampf gelang es, die Bruchstücke wieder flexibel zu machen, um sie wieder in ihre ehemalige Form zu bringen.

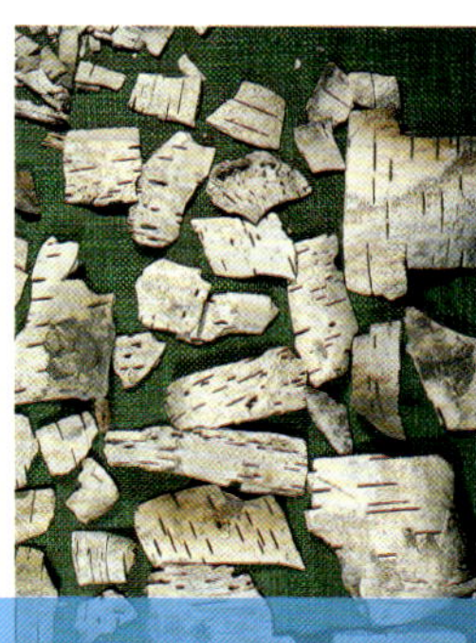

Nylonfaden

STÜTZENDER FADEN
Der Gefäßkörper von Ötzis „Dosen" ist aus einer einzigen rechteckig geschnittenen Rindenbahn hergestellt. Die beiden gelochten Schmalseiten hatte man überlappt und vernäht. Auch die untere Breitseite war auf diese Weise mit dem Oval des Bodens vernäht worden. Bei der Restaurierung wurde ein Nylonfaden verwendet, um das Gefäß zusammenzuhalten (stützende Maßnahme). Er ließe sich leicht wieder entfernen – Restaurierungen müssen nämlich immer auch rückgängig gemacht werden können.

SACHVERSTÄNDIGE BERGUNG

Im August 1992 fand man Ötzis Fellmütze. Sie lag am Fuß des „Mumiensteins“ und war von Eis umschlossen. Mithilfe eines Dampfstrahlgeräts und unter ständigem Absaugen des Schmelzwassers löste man das Fundstück behutsam aus dem Eis und dokumentierte die Bergung mit Zeichnung, Film und Fotografie.

SICHERE HAND

Ein Restaurator verbringt viel Zeit über dem Mikroskop und hantiert unter dessen Vergrößerungsglas mit Skalpell, Pinzette und anderen Geräten, deren Gebrauch Sorgfalt und Geduld erfordert.

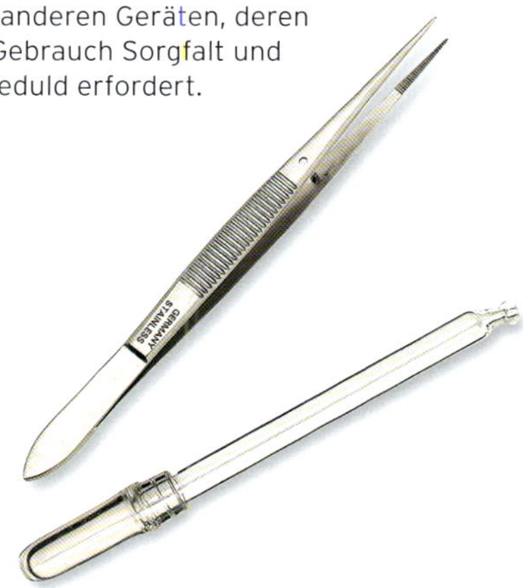

FACHMÄNNISCHER TRANSPORT

Nach der Bergung verpackte man die noch teilweise gefrorene Mütze in einen sterilen Plastiksack. Dann wurde sie in einer gekühlten Leichtmetallkiste rasch nach Bozen in das Amt für Bodendenkmäler gebracht und dort in einer Kühlanlage bis zum Weitertransport nach Mainz gelagert.

DOKUMENTATION

Ein Fundstück wird im Laufe seiner Bearbeitung mehrmals fotografiert. Nach Abschluss der Restaurierung wird zudem eine maßstabsgetreue Zeichnung angefertigt und eine umfassende Beschreibung verfasst.

HAUT ODER LEDER?

Mit Ausnahme der Fellmütze sind von Ötzis Fellbekleidung fast sämtliche Haare ausgefallen. Es war daher nicht immer leicht festzustellen, ob es sich bei den einzelnen Fundstücken um Haut (abgezogenes Fell) oder Leder (abgezogenes, von Haaren befreites und gegerbtes Fell) handelt. Schabspuren auf der Fleischseite gaben wichtige Hinweise: Ein abgezogenes Fell wurde nämlich vor dem Gerben mit einem Schaber von Fett- und Geweberesten befreit – Ötzi besaß ein solches Gerät. Erst nachdem Tierart und Herstellungstechnik aller Stücke bestimmt waren, konnte man sie zusammenfügen und damit die Form, die Nutzung und auch die Musterung der Kleidungsstücke erkennen.

Der Schaber aus Ötzis Gürteltäschchen

SO SIEHT ÖTZIS FELLMÜTZE HEUTE AUS

Aufgrund der sorgfältigen Bergung blieb das Haarkleid der Fellmütze haften, es hätte sich schon bei der geringsten Berührung gelöst. Entsprechend vorsichtig wurde die Mütze in Mainz behandelt. Nach der Reinigung mit destilliertem Wasser wurde das Fundstück rückgefettet, mit einer chemischen Substanz getränkt, gefriergetrocknet und anschließend restauriert.

Der Kinnriemen war schon gerissen, als Ötzi starb.

Pflanzen auf Ötzis Speiseplan

Himbeeren

Ötzis Lebensspanne fällt in eine Zeit großer Umwälzungen, die vom Vorderen Orient ausgingen und das Leben der Menschen in Europa einschneidend verändert haben: Es ist der Übergang vom Jäger-und-Sammler-Dasein zu Ackerbau und Viehzucht. Diese sogenannte neolithische Revolution hatte weitreichende Folgen. Die Menschen wurden sesshaft, um ihre Äcker zu kultivieren und zu bewachen – sie begannen, feste Häuser zu bauen. Gleichzeitig kam die Keramik in Gebrauch. Der Übergang zu Ackerbau und Viehzucht bildete die Grundlage für die Arbeitsteilung und ermöglichte es, Überschüsse zu erwirtschaften und Privateigentum zu horten. Der Alpenraum wurde in der Kupferzeit stärker besiedelt, da er für die umliegenden Kulturgruppen aufgrund seiner reichen Erzvorkommen große wirtschaftliche Bedeutung erlangte. In der Folge mussten die Ackerflächen erweitert und der Ackerbau intensiviert werden. Gesammelte Früchte ergänzten den Speiseplan.

FEINE FRÜCHTCHEN

Himbeere *(Rubus idaeus)*, Brombeere *(Rubus fruticosus)*, Hagebutte *(Rosa* sp.*)*, Holunder *(Sambucus* sp.*)* und Schlehe *(Prunus spinosa)* wurden gesammelt und sorgten für Abwechslung und für Bereicherung des Nahrungsangebots.

Brombeeren

Wildpflaumen wurden getrocknet und für den Winter aufbewahrt.

Früchte des Schlehdorns

GESUNDHEITSFÖRDERND

Wegen ihres hohen Gehalts an Fruchtsäuren und Bitterstoffen ist die Schlehdornfrucht nach heutigen Geschmacksansprüchen roh erst nach den ersten Frösten genießbar. Um den großen Kern schmiegt sich eine dünne Schicht Fruchtfleisch – deshalb ist die Schlehe kein sättigendes Nahrungsmittel, sondern eine vitamin- und mineralstoffreiche Beikost, die beim Kauen vor allem den Speichelfluss fördert und damit Durst löschend wirkt.

Wildäpfel *(Malus silvestris)* wurden hauptsächlich getrocknet.

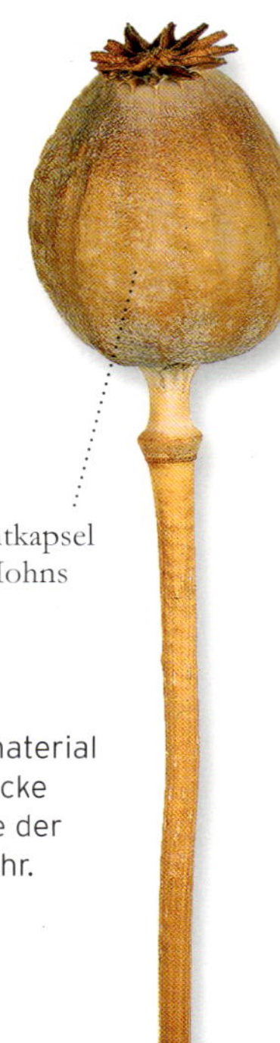

Fruchtkapsel des Mohns

SPEISEPILZ

Baumpilze wurden als Zundermaterial und für therapeutische Zwecke gesammelt, Speisepilze – wie der Name sagt – für den Verzehr.

GETREIDE – WICHTIGER KOHLENHYDRATLIEFERANT
In der alpinen Jungsteinzeit baute man vier Getreidesorten an, und zwar drei Weizenarten – Einkorn *(Triticum monococcum)*, Emmer *(Triticum diococcum)* und Nacktweizen *(Triticum aestivum/durum)* – sowie Gerste *(Hordeum vulgare)*. Die Weizenarten lieferten Brotgetreide, während Gerste eher als Brei oder Einlage in Eintopfgerichten verzehrt wurde. In Ötzis Darm fand man Reste von Einkorn und Nacktgerste.

HÜLSENFRUCHT
Von den Hülsenfrüchten wurde im Neolithikum die Erbse *(Pisum sativum)* angebaut.

VORLÄUFER
Unser Weizen entwickelte sich aus dem Einkorn; dieses Wildgras hat dünne, lange Stängel und kleine Ähren und Körner. Der Weichweizen, heute die verbreitetste Weizensorte, hat kürzere Stängel und größere Körner.

FRUCHTWECHSEL
Die einzelnen Kulturpflanzen wurden im Fruchtwechsel angebaut; die Fruchtfolge setzte mit dem Einkorn ein. Nach dem Getreide kam die Erbse als Schwachzehrer und Stickstoffdüngung an die Reihe. Schließlich ließ man den Acker brach liegen und nutzte ihn als Viehweide. Das Weidevieh verbesserte durch seine Exkremente die Bodenqualität.

TEAMWORK
Die Erbse gehört zu den Hülsenfrüchtlern *(Fabaceae)*. Diese entwickeln – gemeinsam mit Bodenbakterien – an den Wurzeln Stickstoffknöllchen. Nach dem Absterben der Pflanze geht ein Teil dieses Stickstoffs in den Boden über und trägt so zur natürlichen Düngung bei.

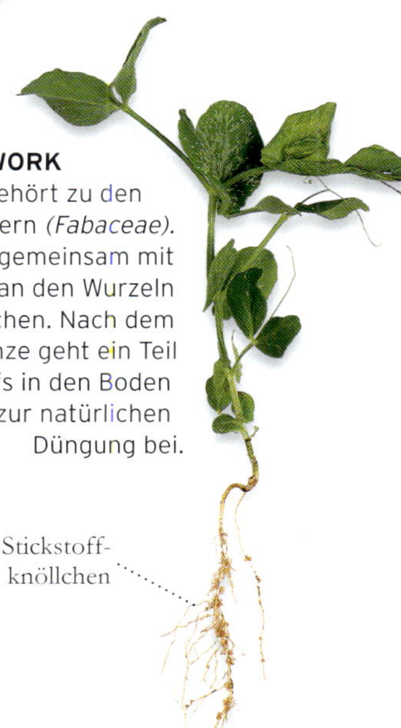

ÖLPFLANZEN
Neben Getreide und Erbsen wurden auch Ölpflanzen angebaut: Lein *(Linum usitatissimum)* und Schlafmohn *(Papaver somniferum)*.

WINTERVORSORGE
Als Vorräte für die kalte Jahreszeit wurden der Wildapfel, die Wildpflaume, die Eichel *(Quercus* sp.*)* die Buchecker *(Fagus silvatica)* und vor allem die Haselnuss *(Corylus avellana)* gesammelt.

Wie starb Ötzi?

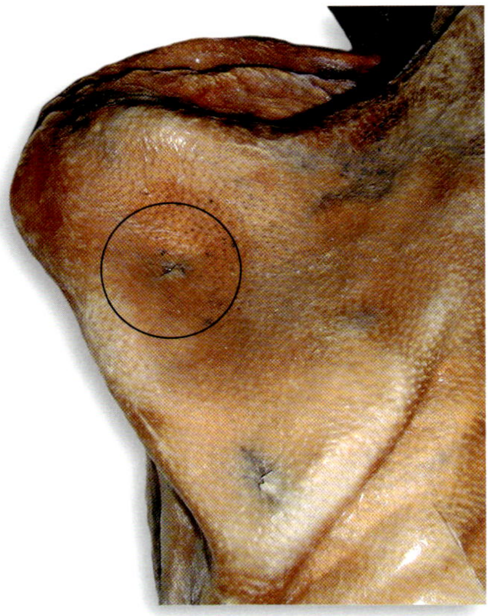

ZUFÄLLIG ENTDECKT
Dass Ötzi hinterrücks getötet wurde, beweist auch eine kleine, geschrumpfte Hautverletzung, die am Rücken der Mumie entdeckt wurde.

Zehn Jahre sollte es dauern, bis eine der am häufigsten gestellten Fragen rund um Ötzi geklärt werden konnte: Woran ist der Mann aus dem Eis gestorben? Die Antwort ist einer zufälligen Entdeckung zu verdanken: Im Frühjahr 2001 sollten der Mumie weitere Proben entnommen werden. Dazu wurde Ötzi erneut durchleuchtet, und zwar mit einem Computertomografen und einem Röntgengerät. Die Ärzte am Bozner Regionalkrankenhaus staunten nicht wenig, als sie dabei im Bereich der linken Schulter eine Pfeilspitze entdeckten. Der Fremdkörper hatte das Schulterblatt durchschlagen und steckt im Brustkorb, gerade 15 mm von der Lunge entfernt. Vermutlich ist Ötzi innerhalb weniger Minuten innerlich verblutet. Er starb also keines natürlichen Todes. Jetzt war der schlagende Beweis geliefert – und damit der erste Kriminalfall der Geschichte geboren. Was immer künftige wissenschaftliche und kriminaltechnische Untersuchungen ergeben werden – wer den Mann aus dem Eis umgebracht hat, wird wohl für immer ein Geheimnis bleiben.

FAUST AUFS AUGE?
Inzwischen sind zwei weitere Verletzungen entdeckt und erforscht worden, die Ötzi zum Todeszeitpunkt zugefügt wurden: Ein Bruch nahe am rechten Auge (die Schwellung zwischen Schädel und Haut ist noch erhalten) sowie eine große Blutung im hinteren Teil des Gehirns. Die jüngste Version zur Todesursache lautet deshalb: Ötzi wurde von dem Pfeilschuss in einem Moment überrascht, in dem er sich unbeobachtet fühlte. Als er – tödlich getroffen – am Boden lag, trat der Schütze zu ihm hin, zog den Pfeil aus der Wunde und gab seinem Opfer mit einem gezielten Fausthieb auf die Schläfe den Gnadenstoß.

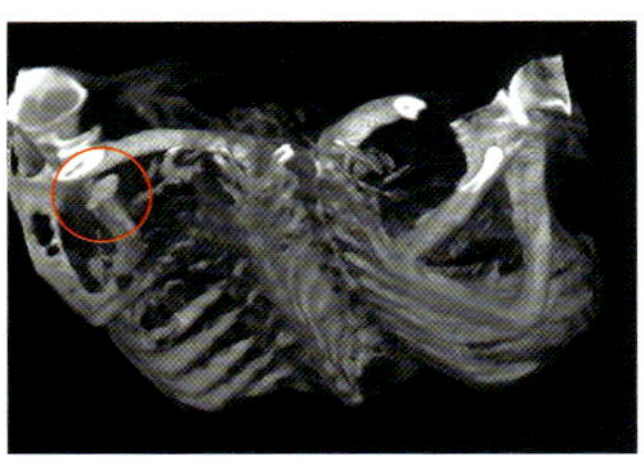

HINTERRÜCKS ERMORDET
Den Pfeil muss jemand abgeschossen haben, der links hinter und etwas tiefer als Ötzi gestanden hatte. Jedenfalls kann sich Ötzi nicht selbst die schwere Verletzung zugefügt haben, etwa bei einem Sturz: Ein Pfeil kann nur bei hoher Geschwindigkeit in einen Körper eindringen ohne zu brechen.

SPINDLERS THEORIE VOM DESASTER?
Bis zur Entdeckung der Pfeilspitze erschienen die Überlegungen von Konrad Spindler recht plausibel: Ötzi musste aufgrund einer gewalttätigen Auseinandersetzung aus seinem Dorf fliehen. Vielleicht war es zu einem Machtkampf oder zu einem Überfall gekommen. Ötzi verlor dabei Teile seiner Ausrüstung, andere wurden beschädigt. Nun musste er sich in Sicherheit bringen und so schnell wie möglich seine Ausrüstung erneuern. Auf der Flucht kam er zu Tode. Diese Theorie stützte sich unter anderem auf die Ergebnisse der Fingernageluntersuchung: Ein oder mehrere Kämpfe und eine aufreibende wochenlange Flucht würden durchaus jene drei markanten „Beau-Streifen" erklären. Sie zeigen Stresssituationen in Ötzis letzten Lebenswochen an.

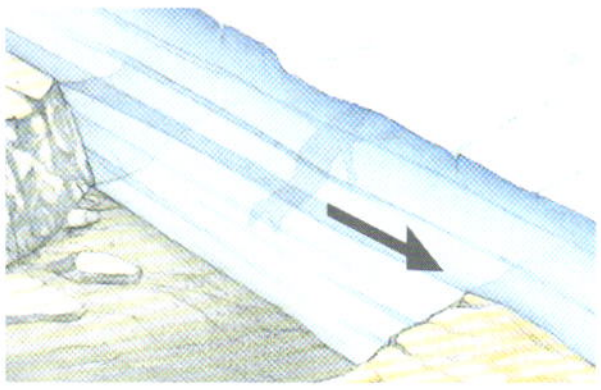

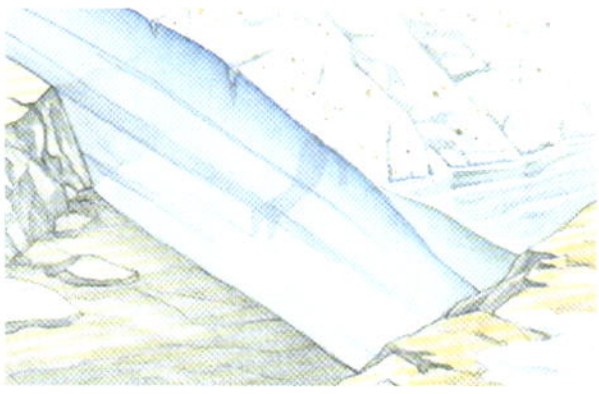

WARUM BLIEB ÖTZI UNVERSEHRT?
Es war eine Kette unglaublicher Zufälle: Ötzi starb 3210 m über dem Meer. Kurz nach seinem Tod begann es zu schneien, die Leiche wurde zugedeckt und gefriergetrocknet. So konnte Ötzi weder von Tieren gefressen werden noch verwesen. Im Laufe der Jahrhunderte nahm die Schneedecke zu; irgendwann schob sich auch eine Zunge des nahen Gletschers über Ötzi. Sein gefrorener Körper aber wurde nicht zerrieben, sondern blieb geschützt in einer fast 3 m tiefen Felsrinne, die quer zur Fließrichtung des Gletschers liegt. 1991 schmolz der Gletscher stark ab: Der Winter war außergewöhnlich schneearm, der Sommer sehr heiß gewesen. Außerdem hatten heftige Winde Sand aus der Sahara über die Alpen geweht. Der dunkle Wüstenstaub absorbierte das Sonnenlicht stark und beschleunigte damit die Eisschmelze. Ötzi lag in der Nähe eines markierten Steiges. Weil das Ehepaar Simon eine Abkürzung suchte und diesen Steig verließ, entdeckte es den Toten. Kopf und Oberkörper waren eben ausgeapert und aufgrund der schnellen Abschmelzung nur kurze Zeit den schädigenden Sonnenstrahlen ausgesetzt gewesen.

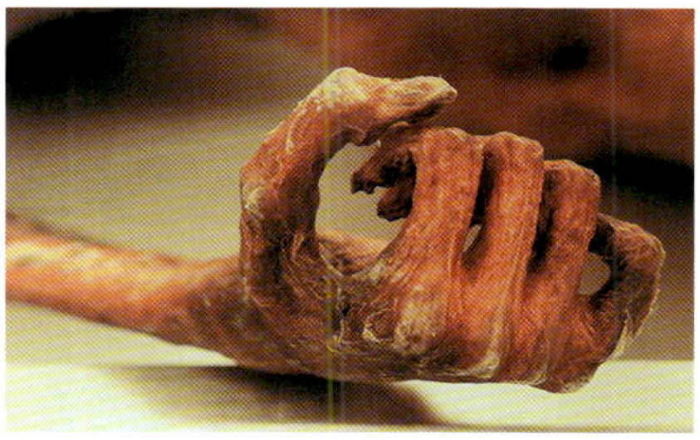

ÖTZIS TOD – EIN KRIMINALFALL
Fest steht, dass Ötzi von hinten angeschossen wurde. Andere Fragen aber bleiben vorerst ungeklärt. Warum wurde er angeschossen? Wurde ihm etwas geraubt? Eine Herde womöglich? War es ein Machtkampf? Wollte vielleicht ein Jüngerer neuer Anführer der Dorfgemeinschaft werden?

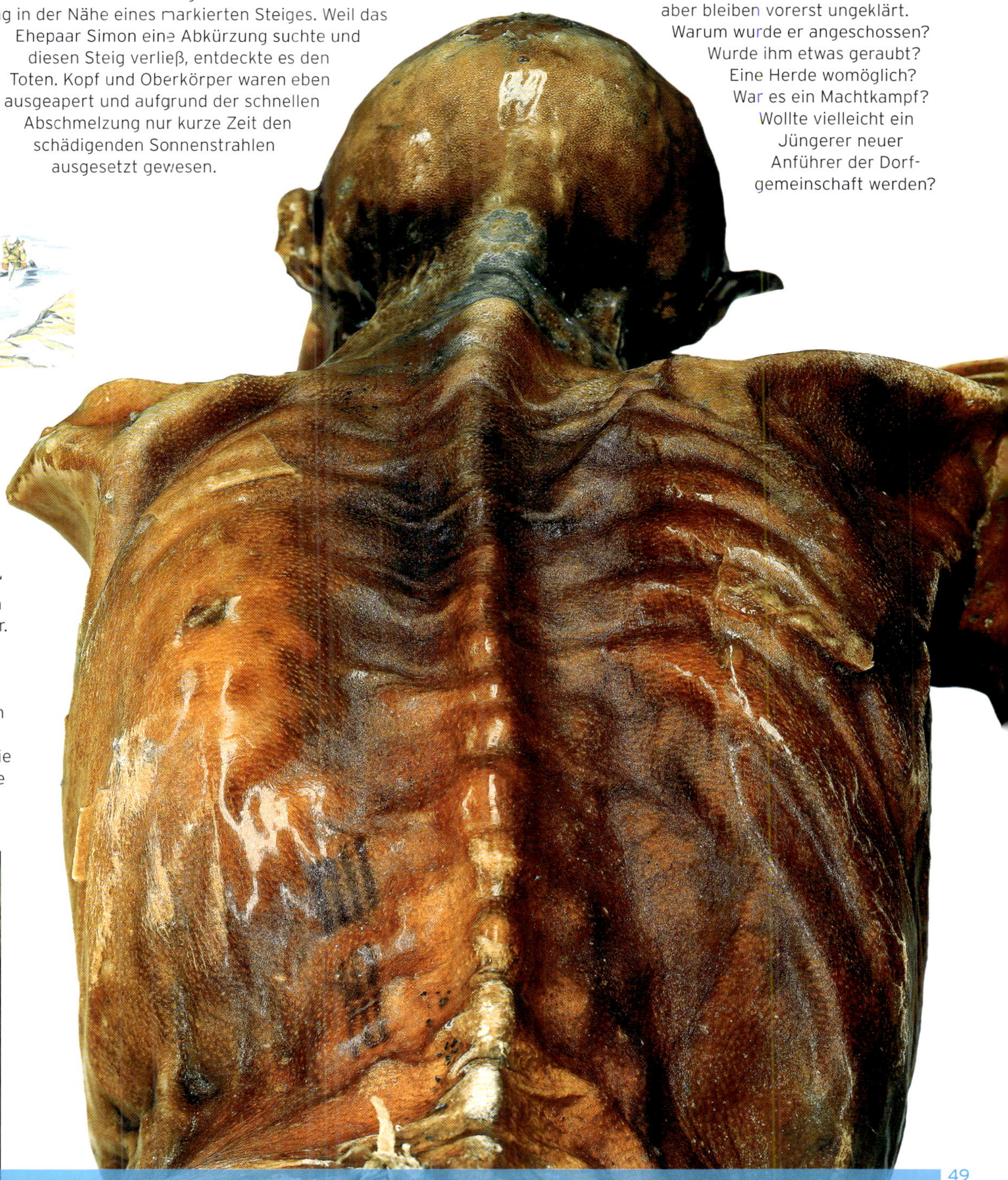

10 JAHRE LANG VERBORGEN
Als Spindler seine „Desastertheorie" aufstellte, wusste er noch nichts von der Pfeilspitze in Ötzis linker Schulter. Bei den ersten Röntgenaufnahmen nach der Auffindung der Mumie im Herbst 1991 war der kleine Fremdkörper niemandem aufgefallen. Auch die kleine Hautwunde am Rücken wurde nicht weiter beachtet, zumal die Mumie bei der Bergung verschiedene Verletzungen davongetragen hatte.

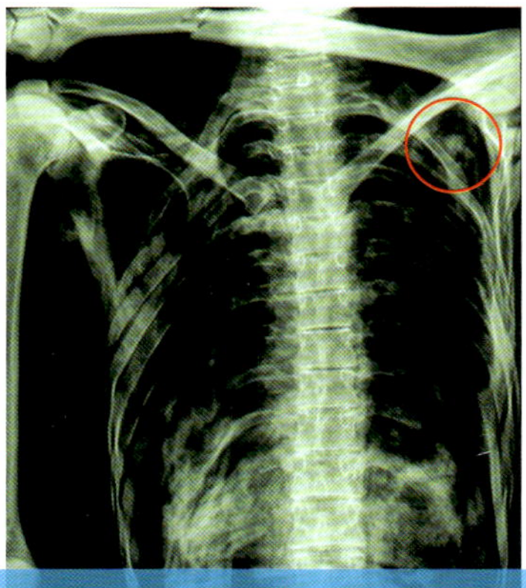

Woher kam Ötzi?

IM ZAHNSCHMELZ GESPEICHERT
Um herauszufinden, wo Ötzi seine Kindheit verbracht hatte, fühlten ihm die Forscher auf den Zahn: Sie verglichen Minerale aus seinem Zahnschmelz mit Bodenproben der Regionen nahe dem Fundort und kamen zum Schluss, dass er im Eisacktal (Südtirol) aufgewachsen sein musste.

Drei Quellen geben entscheidende Hinweise auf Ötzis Herkunft: die Pollen in seinem Darminhalt, die hölzernen Beifunde und sein Zahnschmelz. Alle drei legen nahe, dass Ötzi im heutigen Südtirol lebte. Schwieriger ist es, den Mann aus dem Eis einer bestimmten jungsteinzeitlichen Kulturgruppe zuzuordnen, da er kein keramisches Gefäß mit sich führte. Aufschluss gibt eine völlig andersartige Quellengruppe: Anhand zweier Bildsteine, sogenannter Statuen-Menhire, konnte eine enge Verbindung zur norditalienischen Remedello-Kultur nachgewiesen werden.

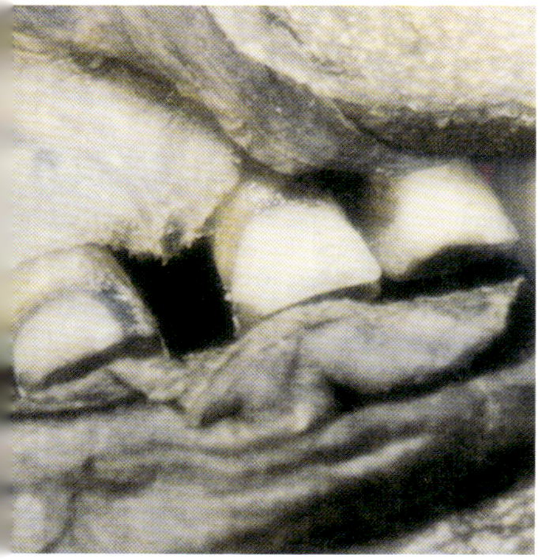

ÜBER DIE BERGE
Die Bauern aus dem Vinschgau treiben ihre Schafe seit Jahrhunderten über den Alpenhauptkamm auf die Hochalmen des Ötztals – über dasselbe Joch, das auch Ötzi für seinen letzten Weg benutzte. Diese Form der Fernweidewirtschaft mit Herdenwanderung nennt man Transhumanz. Gab es das auch schon zu Ötzis Zeit? Darüber sind sich die Wissenschaftler nicht einig. Jedenfalls muss es bereits damals im Ötztal ausgedehnte Weideflächen gegeben haben. Und auch damals schon hat man die Schafe im Sommer auf die Almen getrieben und erst im Herbst wieder zurückgebracht.

ÖTZIS LETZTE MAHLZEIT

Unmittelbar vor seinem Tod hat der Gletschermann noch viel gegessen; das belegen Proben aus dem Magen. Die umfangreiche Mahlzeit bestand aus Getreide, Steinbockfleisch, Pflanzen und einem hohen Fettanteil. Proben aus dem Darminhalt wiederum ergaben, dass Ötzi zwölf Stunden vor seiner Ermordung einen Brei aus Einkorn, Fleisch und Gemüse verspeist hatte. In diesen Nahrungsresten fand man auch Holzkohlestücke und Mineralien. Sie deuten darauf hin, dass Ötzi seine vorletzte Mahlzeit am offenen Feuer zubereitet und Mehl verwendet hat, das mit Steinmühlen gemahlen worden war.

POLLENANALYSE

Für die Bestimmung von Ötzis Herkunft waren die Pollen in seinem Darm wichtig. Pollen werden sowohl über die Nahrung als auch über die eingeatmete Luft aufgenommen. Man fand hauptsächlich Pollen vom Gänsefuß, Wegerich, von Hopfenbuche, Hasel und Fichte. Die Hopfenbuche ist nur auf der Südseite der Alpen verbreitet. Aufgrund des Verdauungsgrades der Pollen schließen Botaniker, dass sich Ötzi zwölf Stunden vor seinem Tod noch im Vinschgau aufgehalten haben muss. Auch die Baumarten, die Ötzi zur Herstellung seiner Ausrüstung auswählte, verweisen auf einen typischen Mischwald, wie er im Vinschgau und speziell im Schnalstal vorherrscht.

ZEUGNISSE DER RELIGIÖSEN WELT

Auch zu Ötzis Zeit glaubten viele Menschen an Götter und Geister. Man brachte ihnen Brandopfer dar, mitunter in der Nähe bestimmter menschenähnlicher Statuen: der Menhire. Diese lebensgroßen Bildsteine waren den Steinzeitmenschen wahrscheinlich heilig. Geschickte Bildhauer haben in diese Steine Waffen, Schmuck und Kleider eingemeißelt.

MENSCHEN AUS STEIN

Auf männlichen Menhiren sind hauptsächlich Waffen, meist Dolche und Beile, abgebildet. Weibliche Menhire zeigen niemals Waffen, nur Schmuckgegenstände. Man erkennt sie an den Brüsten. Daneben gibt es noch kleine, neutrale Menhire, an denen häufig nur eine Halskette oder ein einfacher Gürtel zu sehen ist – vielleicht stellen sie Kinder dar. Ötzi kannte wahrscheinlich den ganz rechts abgebildeten Menhir, der 1932 bei Algund gefunden wurde.

REMEDELLO-KULTUR

Am Südalpenrand und in den lombardischen Alpen war zu Ötzis Zeit eine Kulturgruppe beheimatet, die genau solche Beile, Dolche und Pfeilspitzen herstellte, wie wir sie aus Ötzis Ausrüstung kennen. Insbesondere das sogenannte Grab 102 von Remedello ist mit Ötzis Ausstattung vergleichbar. Der Bildhauer, der die Bildsteine von Algund und Latsch schuf, hat die Remedello-Beile und -Dolche wohl gekannt und sie zum Vorbild für seine Darstellungen gewählt.

Wer war Ötzi?

Noch nie hat ein archäologischer Fund ein derart großes Medieninteresse hervorgerufen. Dabei wurde gar kein Schatz gehoben, so wie damals, als Heinrich Schliemann den vermeintlichen Goldschatz des Priamos in Troja entdeckte oder Howard Carter das Grab des Pharaos Tutanchamun öffnete. Ötzi hat uns einen vergleichsweise armseligen Besitz hinterlassen. Ist es also der außergewöhnliche Fundort, der die Menschen derart fasziniert? Ist es das eingedrückte Antlitz und die unverwechselbare Armstellung der Mumie, die uns bewegen? Oder ist es das persönliche Schicksal eines Menschen, das uns so berührt? Gerade weil Ötzi so unvermittelt aus dem Leben gerissen scheint, möchten wir mehr von ihm wissen und seine Geschichte kennen lernen. Wer war dieser Mann? Was machte er in dieser unwirtlichen Gegend? Was war sein „Beruf"? So viele Antworten sich auch anbieten: Jede Vermutung zieht neue Fragen nach sich.

WAR ÖTZI EIN AUSGESTOSSENER?
Zunächst dachte man, Ötzi könnte von seiner Gemeinschaft verbannt worden sein und sich deshalb in solch lebensfeindlicher Höhe aufgehalten haben. Wenn er ein Ausgestoßener war – warum fand man ihn dann an einem damals vielbegangenen Pass?

WAR ÖTZI EIN ERZSUCHER?
Falls Ötzi ein Bergmann war und nach Erzlagerstätten suchte, warum hatte er dann kein entsprechendes Werkzeug oder keine Erzstücke bei sich?

Neolithische Sichel mit eingesetzten Feuersteinklingen

WAR ÖTZI EIN BAUER?
Getreidefunde in der Kleidung und im Glutbehälter belegen, dass Ötzi Kontakt zu einer Ackerbau treibenden Gemeinschaft hatte. Wenn er Bauer oder Viehzüchter war und folglich weder Acker noch Vieh vernachlässigen durfte, warum hatte er sich dann für einen längeren Aufenthalt fern der Talsiedlung ausgerüstet?

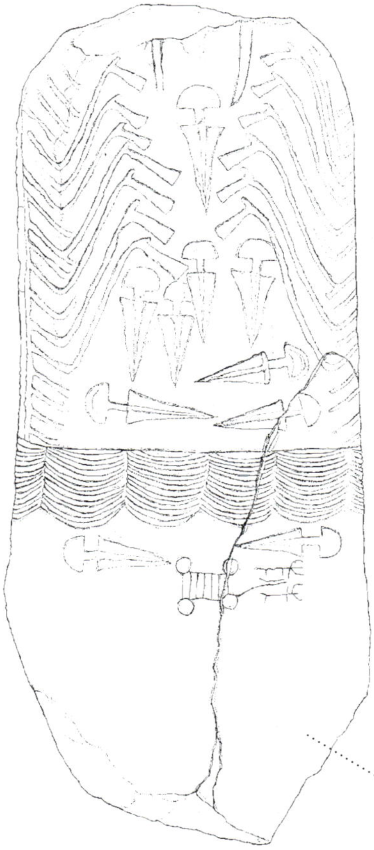

Bildstein (Menhir)

Beil

WAR ÖTZI EIN ANFÜHRER?
Das Kupferbeil gibt uns einen wichtigen Hinweis auf Ötzis gesellschaftliche Stellung. Metallobjekte wie Beile und Dolche waren in der Kupferzeit Statussymbole der Krieger- und Führungsschicht: Dies wird in den menschenähnlichen Bildsteinen jener Zeit überliefert. Wenn Ötzi ein Herdenbesitzer, ein Anführer oder ein Dorfvorsteher war, warum war er dann allein unterwegs?

Retuscheur

WAR ÖTZI EIN HÄNDLER?
Handel im heutigen Sinn hat es zu Ötzis Zeit noch nicht gegeben; die Menschen der Jungsteinzeit erwarben Rohstoffe und Waren durch Güteraustausch. Auf diesem Weg hatte Ötzi wahrscheinlich den Feuerstein aus den Monti Lessini bezogen. Er wusste dieses Material auch selbst zu bearbeiten, wie der Retuscheur zeigt. Wenn Ötzi ein „Händler" war, was hätte er außer seiner Ausrüstung feilbieten können?

Steinscheibe

WAR ÖTZI EIN JÄGER?

Pfeil und Bogen, aber auch das Netz deuten auf die Jagd hin. Speziell auf die Vogeljagd verweist die Steinscheibe mit einer Art Quaste; höchstwahrscheinlich handelt es sich hier um einen Hühnergalgen. Damit wird Jagdbeute transportiert – vor allem Vögel, aber auch Kleintiere wie Marder und Iltisse. Man knüpft die Schnüre zu Schlingen und hängt daran die erlegten Tiere kopfüber zum Ausbluten auf. Moderne Hühnergalgen werden meist mit Karabinerhaken an einer Tasche befestigt; Ötzi fixierte den Hühnergalgen, indem er die Marmorscheibe unter seinem Gürtel durchzog. Wenn Ötzi ein Jäger war, warum fand man ihn dann in der Gletscherregion und ohne gebrauchsfertige Waffen?

Grobmaschiges Netz für die Vogel- und Hasenjagd

WAR ÖTZI EIN SCHAMANE?

Ötzis Steinscheibe blieb lange Zeit rätselhaft. Manch einer hielt sie für ein Schmuckstück oder gar das magische Instrument eines Schamanen. Wenn Ötzi ein Schamane war, warum trug er dann keine Priestertracht?

WAR ÖTZI EIN HIRTE?

Schafe und Ziegen wurden schon zu Ötzis Zeit zur Sommerweide auf die Almen getrieben. Er selbst war für längere Aufenthalte im Gebirge gut ausgerüstet: Lagerfeuer machen, Nahrung beschaffen und Schadhaftes reparieren gehören zum Alltag eines Hirten. Vielleicht war Ötzi ein Wanderhirte – sollte man tatsächlich damals schon mit den Herden so weit gewandert sein, wie es heute die Bauern aus dem Vinschgau tun, wenn sie ihre Schafe übers Hochgebirge ins hintere Ötztal treiben. Wenn Ötzi ein Hirte war, warum fand man an seinen Kleidern keine Haare von Schafen, Ziegen oder Hunden?

Was oder wer immer Ötzi gewesen ist – er verfügte über vielfältige handwerkliche Fertigkeiten. Er verstand es, eigenständig Waffen herzustellen, Werkzeuge und Kleider zu reparieren und dafür die geeignetsten Rohstoffe auszuwählen und bestmöglich einzusetzen.

Andere Mumien

Stirbt ein Mensch, beginnt sein Körper zu zerfallen. Nach und nach wird er von Bakterien zersetzt. Auch Insekten zerstören einen Leichnam. Bald sind nur noch Knochen und Zähne übrig – allmählich zerfallen auch diese zu Staub. Viele Kulturen haben künstliche Verfahren wie die Einbalsamierung entwickelt, um ihre Toten vor der Verwesung zu bewahren. Die meisten uns bekannten Mumien stammen aus Ägypten. Aber auch in anderen Gebieten der Erde beherrscht man die Kunst, Tote zu mumifizieren. Darüber hinaus werden immer wieder Leichen gefunden, die ohne menschliches Zutun, nur aufgrund äußerer Umstände mumifiziert wurden und auf diese Weise erhalten blieben – in Mooren, in der Wüste, im Eis.

ICE MAIDEN: JUANITA
Vier Jahre nach Ötzi fand man an den Hängen des Vulkans Ampato in den peruanischen Anden auf 6310 m Höhe die Mumie eines etwa 14-jährigen Inkamädchens. Es war den Göttern geopfert, nach seinem Tod in kostbare Stoffe eingewickelt, zu einem Bündel verschnürt und in einer Grube bestattet worden. Das eisige und trockene Klima hat den Körper, die Kleider und den Schmuck des Mädchens 500 Jahre lang wie in einer Gefriertruhe konserviert.

AUSGEWICKELT
Die Chancay-Kultur (sprich tschansai) an der Küste Mittelperus war berühmt für ihre einzigartige Web- und Töpferkunst. Ihre Toten wurden in Hockstellung in Stoffe oder Palmmatten eingewickelt und an der Sonne getrocknet. Die Mundhöhle dieser Chancay-Frau ist mit Lamawolle gefüllt und mit einer Silberscheibe verschlossen.

MUMIENBÜNDEL
Am Gürtel dieser noch eingewickelten Chancay-Mumie hängen kleine Beutel mit Koka-Blättern, Mais und Medizinpflanzen. Koka-Blätter enthalten die Droge Kokain.

„STUBSI", DIE GLETSCHERKATZE
Angespornt durch die Entdeckung Ötzis suchten im Sommer 1992 Tausende Bergwanderer auf den Alpengletschern nach weiteren Eismumien. Einziger bescheidener Fund dieses schneereichen Jahrs war eine mumif zierte Katze, die am Schaufelferner im Stubaital vom Eis freigegeben wurde.

INUIT-BABY
Über 500 Jahre alt ist dieses „Eskimo"-Kind, das 1972 in einem zerklüfteten Berg in Grönland gefunden wurde. Durch einen Felsüberhang blieb sein Körper vor Sonne und Schnee geschützt – so konnte ihn die kalte arktische Luft gefriertrocknen.

Silberscheibe

BILLIGER BRENNSTOFF
Der Brauch der künstlichen Mumifizierung wurde im alten Ägypten ab etwa 2600 v. Chr. praktiziert – Ötzi war damals schon über 500 Jahre tot. Etwa 3000 Jahre lang balsamierte man unzählige menschliche und tierische Körper ein. Ende des 19. Jahrhunderts wurden ägyptische Dampflokomotiven mit Mumien befeuert – sie waren der billigste Brennstoff im Lande.

VERTRAUTES GESICHT
Die alten Ägypter glaubten, dass die Seele eines Menschen nach seinem Tod weiterlebt und allnächtlich in den Körper zurückkehrt. Deshalb musste der Leichnam gut konserviert werden und ein menschliches Erscheinungsbild behalten; die Seele sollte ihn ja wiedererkennen. Portraitmumien unterstützen diese Vorstellung. Die schmalen Bindenstreifen dieser ägyptischen Mumie umrahmen am Kopfteil eine bemalte Leinwand, die das Gesicht und die Schulterpartie des eingewickelten Mannes zeigt.

Ausgewickelte Mumie eines ägyptischen Knaben

SPUREN VON VERGOLDUNG
Das Gesicht dieser ausgewickelten ägyptischen Mumie war ursprünglich vergoldet. Über die jetzt sichtbaren Zähne war Wachs gestrichen, um den Mund zu verschließen. In beiden Nasenlöchern steckten Pfropfe, von denen der rechte herausgefallen ist. Vor der Einbalsamierung wurden die inneren Organe entfernt: die Eingeweide meist durch einen Einschnitt im Bauch, das Gehirn durch die Nase.

Deutlich erkennbar ist das zur Konservierung eingesetzte Harz in der hinteren Schädelgrube, die Umwicklung des Gesichts und die davor liegende Goldmaske.

ENTHÜLLT
Der Computer-Tomograph ermöglicht es, eine ägyptische Mumie elektronisch zu „enthüllen", ohne den Deckel des Sarkophags zu entfernen.

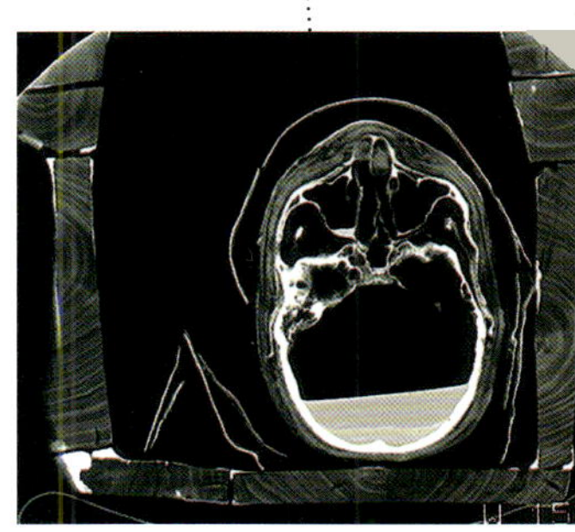

MUMIENGRAB IM PERMAFROST
Der Seemann John Torrington gehörte zur Besatzung jener beiden Schiffe, mit denen Sir John Franklin 1846 zur Suche nach der Nordwestpassage aufbrach. Sein Eisgrab und das zweier weiterer Matrosen wurde in der kanadischen Arktis gefunden – a le übrigen Mitglieder der Expedition blieben verschollen. Die Obduktion der aufgetauten Mumie ergab eine hochgradige Bleivergiftung: Schlecht verlötete Konservendosen haben wohl das Schicksal der im Eis eingeschlossenen Franklin-Expedition besiegelt.

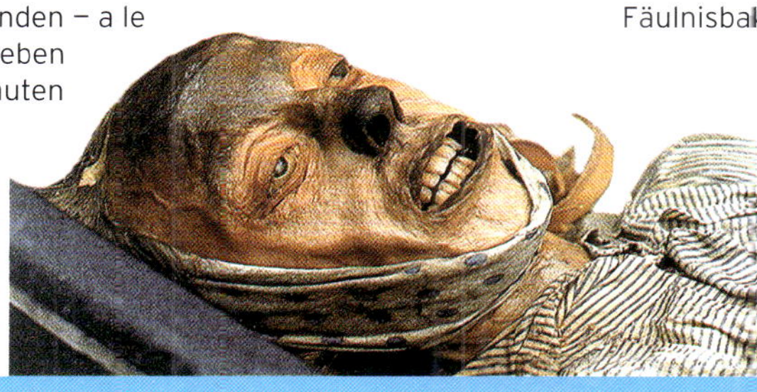

TOLLUND-MANN
Diese friedlich wirkende Mumie wurde 1950 im Tollund-Moor in Dänemark gefunden. Der Mann war vor über 2000 Jahren erdrosselt und ins Moor geworfen worden. Moore sind sauerstoffarm – deshalb können sich dort Fäulnisbakterien kaum entwickeln.

Ötzi in Bozen

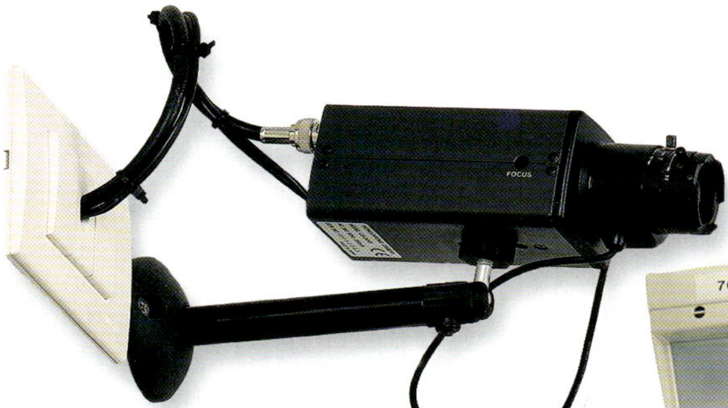

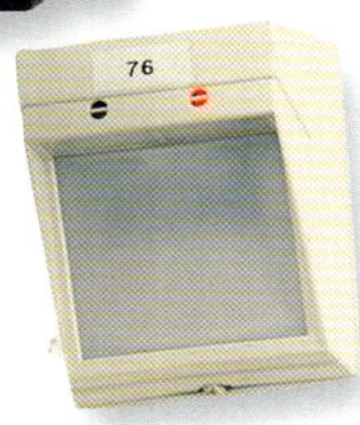

Sechs Jahre lang wurde Ötzi am Institut für Anatomie der Universität Innsbruck, eingehüllt in ein steriles Operationstuch und in Crash-Eis, konserviert. Im Januar 1998 kehrte er zurück in das Land südlich des Alpenhauptkammes, von wo aus er vermutlich zu seinem letzten Gang aufgebrochen war – seitdem ist ein repräsentatives Gebäude am Rande der Bozner Altstadt seine letzte Ruhestätte: das Südtiroler Archäologiemuseum. Auf vier Etagen und insgesamt 1200 m² birgt es zahlreiche Schätze aus Südtirols Geschichte. Der erste Stock ist ganz der Kupferzeit gewidmet. Dort liegt Ötzi, im Halbdunkel, braun und ledrig, die Augen leer, den linken Arm markant verdreht, ausgestellt für die Nachfahren und streng bewacht. Fasziniert, staunend, aber auch seltsam berührt treten Besucher aus aller Welt einem Zeugen ihrer eigenen Vergangenheit gegenüber.

VORSICHT!
Das Südtiroler Archäologiemuseum wird rund um die Uhr überwacht; Videokameras und Bewegungsmelder sind nur ein Teil des komplexen Sicherheitssystems.

IM ERSTEN OBERGESCHOSS
Die Originalbeifunde der Gletschermumie werden in klimatisierten Spezialvitrinen präsentiert. Zeichnungen im Maßstab 1:1 veranschaulichen die handwerkliche Kunstfertigkeit in der Kupferzeit. Videos und interaktive Multimediastationen ergänzen die Ausstellung und vermitteln den Besuchern eine gute Vorstellung von Ötzis Welt, aber auch von seiner Entdeckung, Bergung und medizinischen Erforschung.

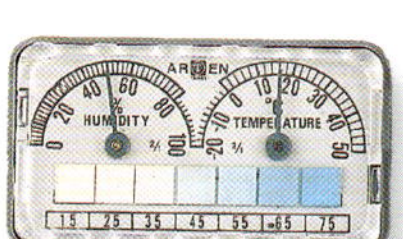

EMPFINDLICHE OBJEKTE
Die Beifunde in den Spezialvitrinen werden bei einer Temperatur von 18 °C gelagert und aufgrund ihrer Lichtempfindlichkeit mit nur 50 Lux beleuchtet. Die Lederobjekte werden regelmäßig nachgefettet.

ARCHÄOLOGIE ERLEBEN
Kinder und Jugendliche sind im Südtiroler Archäologiemuseum gern gesehene Gäste. Im Erdgeschoss ist für sie eine eigene Werkstatt eingerichtet, in der ein Team von Pädagoginnen und Pädagogen Geschichte spannend und hautnah vermittelt. Dort wird getöpfert und gewoben, gebastelt und experimentiert, geschneidert und geschnitzt. Danach weiß jedes Kind, wie Ötzis Kleider aussahen und wie sie getragen wurden – und freut sich vielleicht schon darauf, ein andermal in Toga und Tunika über die Römerstraße zu wandeln …

ELEKTRONISCH ÜBERWACHT
Die EDV-Station registriert alle Messwerte, die von den an der Mumie und in der Kühlzelle angebrachten Sonden geliefert werden: Luftdruck, Temperatur, relative Luftfeuchtigkeit sowie Gewicht der Mumie. Bei geringsten Veränderungen wird der Alarm ausgelöst: spezialisierte Techniker und ein Arzt können sofort eingreifen.

KÜHLES KLIMA
Im Gegensatz zu den anderen Abteilungen des Südtiroler Archäologiemuseums ist die Ötzi-Etage abgedunkelt und stärker gekühlt. Thermohydrographen kontrollieren laufend Raumtemperatur und Luftfeuchtigkeit.

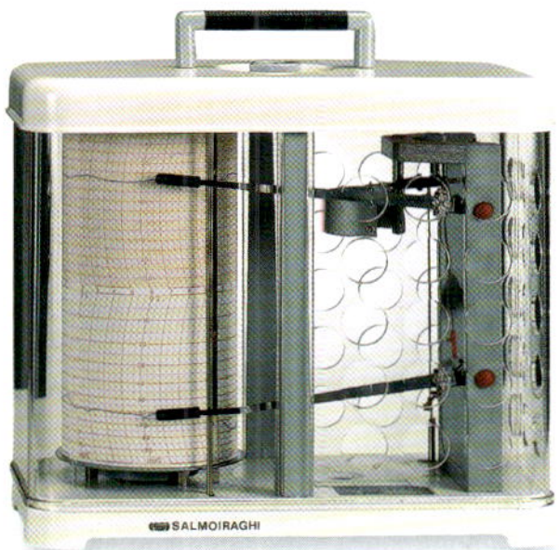

HIGHTECH FÜR DEN MANN AUS DEM EIS
Damit die Gletschermumie nicht verwest, muss sie unter ähnlichen Bedingungen konserviert werden, wie sie mehr als 5000 Jahre im Eis herrschten: eisige Kälte und hohe Luftfeuchtigkeit. Allerdings musste ein völlig neues Kühlverfahren entwickelt werden, das es erlaubt, die Mumie ohne schützende Hüllen und ohne Crash-Eis-Verpackung den Besuchern des Südtiroler Archäologiemuseums zu zeigen. Dieses Konservierungssystem verhindert zudem die Bildung einer Eisschicht auf der Mumie.

BLICK IN DIE VORZEIT
Durch dieses kleine Fenster aus Panzerglas kann die Gletschermumie betrachtet werden. Sie liegt auf einer Präzisionswaage und in keimfreier Umgebung, bei einer Temperatur von −6 °C und bei 99 % Luftfeuchtigkeit. Dem Kaltlicht werden durch Spezialfilter sämtliche ultravioletten und infraroten Strahlen entzogen. Diese Zelle ist nur ein kleiner Teil der „Ötzi-Suite"; angrenzend befinden sich – für Besucher nicht sichtbar – eine Reserve-Kühlzelle, ein Untersuchungsraum, ein Desinfektionsraum, ein Labor, eine EDV-Station, ein Maschinen- und ein Technikraum.

Ötzi entsteht

Wie Ötzi wirklich aussah, werden wir nie erfahren. Die meisten Museumsbesucher halten ihn für einen mutigen, kultivierten, sympathischen Typen; für viele Kinder ist er ein Held. Und wie sehen ihn die Künstlerbrüder Adrie und Alfons Kennis? Sie haben für die Ausstellung zum 20. Jahrestag von Ötzis Entdeckung dem alten Mann ein neues Gesicht gegeben: wettergegerbt, sonnengebräunt, von Narben durchzogen, von Runzeln zerfurcht, mit tief liegenden Augen, eingefallenen Wangen und verfilztem Zottelhaar – so sieht für die beiden Holländer ein alpiner Bergbewohner von damals aus. Gehetzt, von Angst erfüllt und überrascht wirft er einen Blick zurück auf seine Verfolger.

ERST STUDIEREN – DANN REKONSTRUIEREN

Fünf Monate lang haben die Kennis-Brüder am neuen Ötzi gearbeitet. Vorher mussten sie alles lesen, was die Wissenschaft über die Mumie erforscht hat; schließlich sollte ihre Rekonstruktion dem Mann aus der Steinzeit so nah wie möglich kommen. Fachbücher über Anatomie, Archäologie, Geologie, Biologie und Biochemie haben die Paläo-Künstler (Paläontologie = Fossilienforschung) täglich in Gebrauch.

WISSENSCHAFTLICH EXAKT

Das Südtiroler Archäologiemuseum stellte den Künstlern eine Stereolithographie (siehe Seite 14) von Ötzis Schädel zur Verfügung. Damit konnten sie sich beim Bau ihres Schädelmodells exakt an die Körpermaße der Mumie halten.

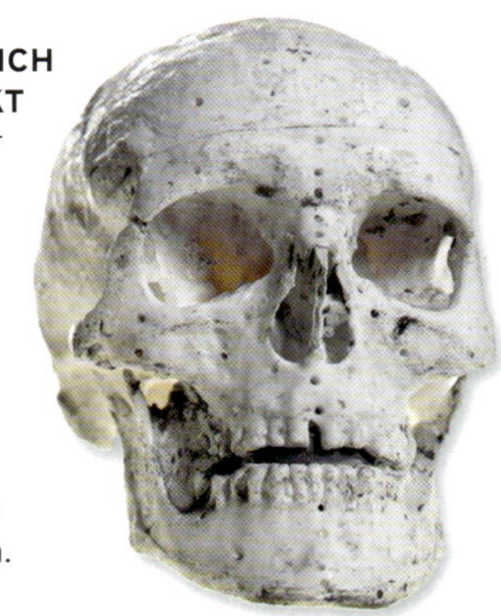

DIE NEUE REKONSTRUKTION

Ötzi ist jetzt so verblüffend lebensecht rekonstruiert, dass manche Museumsbesucher in ihm ihren Großvater zu erkennen glauben, der hoch oben in den Bergen unter harten Lebensumständen lebte und arbeitete. Wie für Bergbewohner typisch, ist die Haut ledrig und braun, unter der Kleidung aber glatter und heller, denn dort ist sie vor Sonne, Wind und Wetter geschützt.

AUGENFÄLLIG

Auch neueste Forschungsergebnisse wurden für die neue Rekonstruktion berücksichtigt. So wissen wir etwa seit der Entschlüsselung von Ötzis Erbgut im Jahr 2010, dass seine Augen braun und nicht, wie bisher angenommen, grau-blau sind.

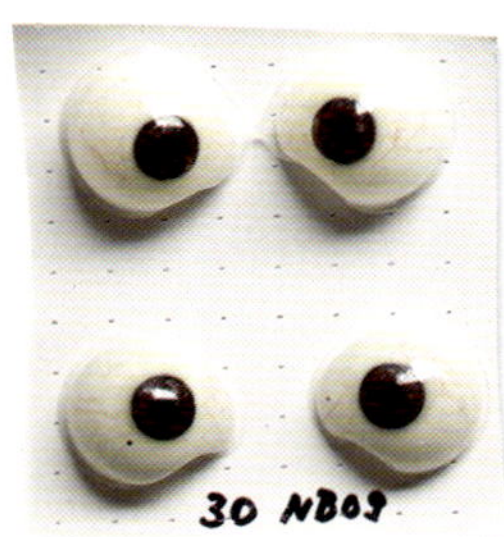

Farbpigmente für die Haut

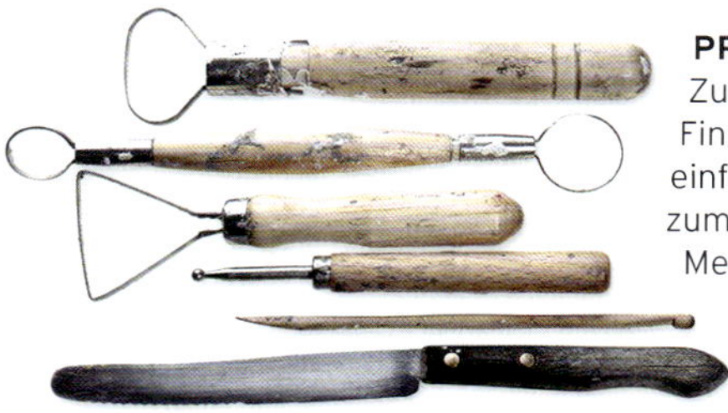

PRÄZISION UND KONZENTRATION
Zum Modellieren benötigen die Künstler Fingerspitzengefühl, Fachliteratur – und einfaches Töpferwerkzeug: Abdrehhölzer zum Formen, Nadeln zum Stechen und Messen, Messer zum Schneiden. Geschickt wissen sie damit umzugehen.

CHARAKTERKOPF
Der Werkstoff für die Haut des Modellkopfs ist eine weiße Knetmasse, ähnlich dem Plastilin. Dabei entsteht der Gesichtsausdruck; ein hochgezogener Mundwinkel oder ein unregelmäßiger Nasenflügel geben der Nachbildung eine persönliche Note.

Atemschutzmaske und Handschuhe

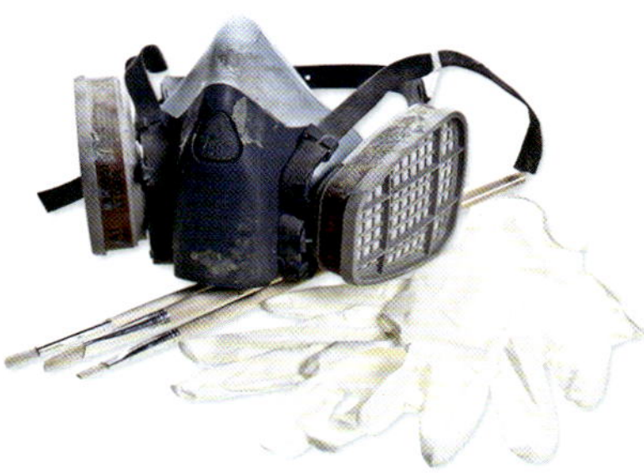

Dann wird diese Form mit Silikonkautschuk ausgegossen. Dieser Gummi ist die oberste Hautschicht und bildet die Grundlage für die Haare. Um die Gummiform zu verstärken, wird Harz hineingegossen.

SCHÖNHEIT VON INNEN
Silikongummi ist durchsichtig. Um ihm eine natürliche Hautfarbe zu geben, werden die Farbpigmente mithilfe eines Pinsels aufgetragen, und zwar an der nach innen gekehrten Seite.

Selbst gemachtes Werkzeug für haarkleine „Sticheleien“

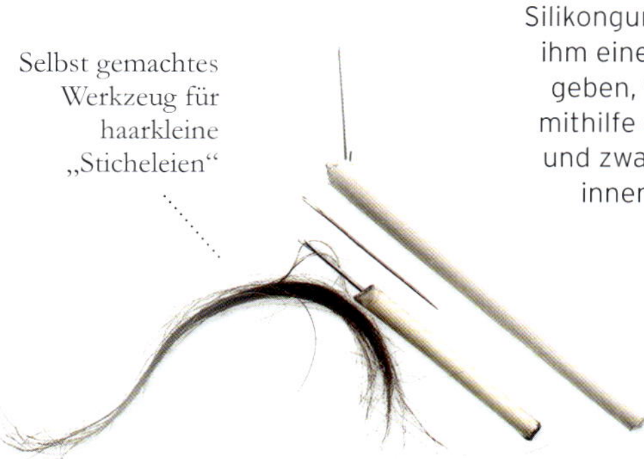

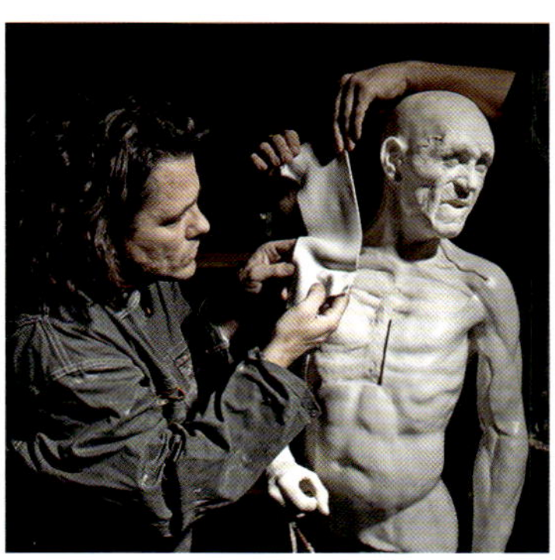

JEDE MENGE KNETE
Die weiße Knetmasse wird ausgerollt, Lappen für Lappen angebracht und modelliert.

Klebstoff für „verschwitztes“ Haar

1
Auf einer aus Kunststoff gefertigten Nachbildung von Ötzis Schädel werden anatomisch getreu die Muskeln und das Weichgewebe modelliert. Die kleinen Holzpflöcke geben die Dicke der Hautschicht an.

2
Wenn die Knochen mit Muskeln umgeben sind, wird der Schädel mit einer „Haut“ überzogen. Jetzt ist erst das Modell fertig – nicht der endgültige Kopf! Das Modell ist nur die Vorlage für eine Gussform.

3
Die Gussform entsteht: Eine zähflüssige, grünliche Masse wird auf das Modell aufgetragen und nach dem Aushärten abgezogen. Dabei entweichen giftige Dämpfe, gegen die sich die Künstler schützen müssen.

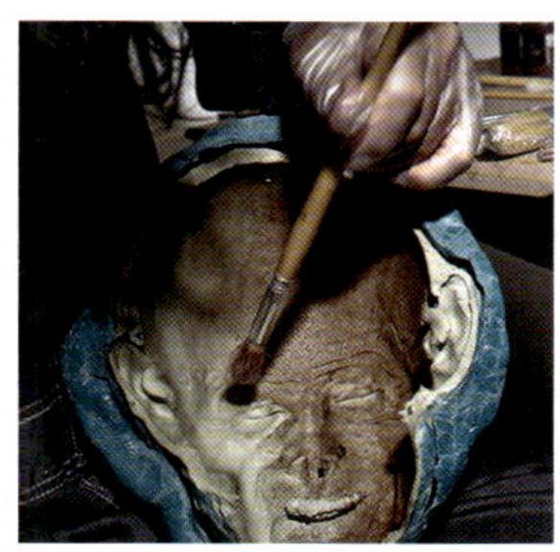

4
Für die Gestaltung der Haut haben die holländischen Zwillinge eine eigene Methode entwickelt: Sie bearbeiten die Silikonschicht auf der Innenseite mit einem Pinsel.

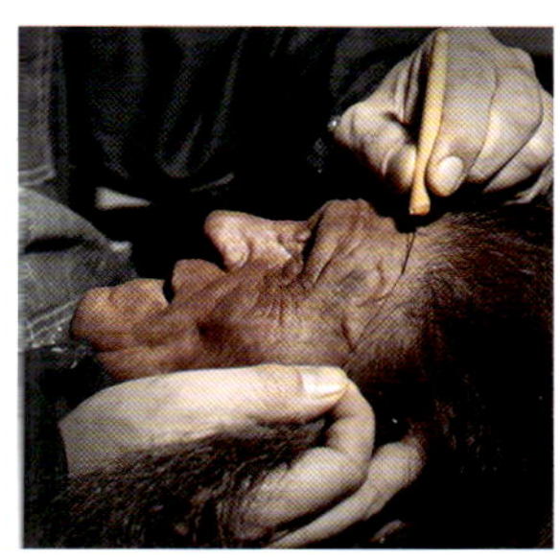

5
Zuletzt werden in wochenlanger Geduldsarbeit die Haare eingesetzt: am Körper und im Gesicht jedes einzeln, auf dem Kopf in kleinen Büscheln. Die Haare sind eingefärbt; sie stammen vom Bison und vom schottischen Hochlandrind.

6
Für den Körper bauen die Künstler zunächst ein Gerüst aus Knochen, Stäben, Metallplatten, Schrauben und Drähten. Dann arbeiten sie nach demselben Prinzip weiter wie beim Kopf: mit Muskeln, Weichteilen und Haut.

Chronik und Zeitleiste

**DONNERSTAG,
19. SEPTEMBER 1991**
Das deutsche Ehepaar Simon entdeckt gegen 13.30 Uhr in der Nähe des Hauslabjochs auf 3210 m Höhe eine braune, teilweise aus dem Eis ragende Gestalt.

Später berichten sie in der Similaunhütte von ihrem Fund. Der Wirt benachrichtigt die Gendarmerie in Sölden und die Carabinieri-Station in Schnals. Dann bricht er zum Tisenjoch auf.

An der Fundstelle sieht der Hüttenwirt die Leiche und allerlei seltsame Gegenstände: Hölzer, Schnüre, Grasbüschel und Fellreste.

**FREITAG,
20. SEPTEMBER**
Ein österreichischer Bergungstrupp landet mit dem Hubschrauber am Hauslabjoch und versucht, die Leiche mithilfe eines Schrämhammers aus dem Eis zu befreien. Dabei wird deren linke Hüfte und der linke Oberschenkel beschädigt. Das Wetter verschlechtert sich, die Bergungsaktion wird abgebrochen. Ein Gendarm nimmt das auf einem Felssims entdeckte Beil mit und liefert es am Gendarmerieposten in Sölden ab.

**SAMSTAG,
21. SEPTEMBER**
Der Vater des Hüttenwirts versucht vergeblich, die Leiche freizulegen. Zufällig sind die Extrembergsteiger Reinhold Messner und Hans Kammerlander in der Nähe und besuchen den Fundplatz; Messner schätzt das Alter des Toten auf mindestens fünfhundert Jahre.

**SONNTAG,
22. SEPTEMBER**
Es gelingt, die Leiche für den bevorstehenden Abtransport freizulegen. Der Leiter der Innsbrucker Bergungsmannschaft wird davon in Kenntnis gesetzt. In der Nacht von Sonntag auf Montag friert der Tote allerdings wieder ein.

**MONTAG,
23. SEPTEMBER**
Reporter des österreichischen Fernsehens landen noch vor Beginn der amtlichen Bergung am Hauslabjoch.

Gerichtsmediziner der Universität Innsbruck legen vor laufender Kamera mithilfe eines Skistocks und eines Eispickels die Leiche frei.

6000 v. Chr.

5500 v. Chr.

5000 v. Chr.

4500 v. Chr.

um 6000 v. Chr.
Die neolithische Revolution erreicht den Balkan.

um 5500 v. Chr.
Ausbreitung der Keramik und der Kupferherstellung in Vorderasien

um 5000 v. Chr.
Beginn des Neolithikums in Mitteleuropa

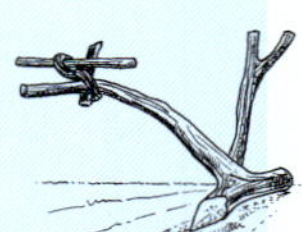

Beginn der Bisonjagd bei den Prärie-Indianern Nordamerikas

Anbau von Bohnen, Mais, Chili, Kürbissen und Kartoffeln in Mittelamerika

Erstes Getreide im Niltal

Auch Ausrüstungsstücke werden geborgen und auf einen Haufen geschichtet. Zusammen mit dem Leichnam verpackt man sie in einen Leichensack.

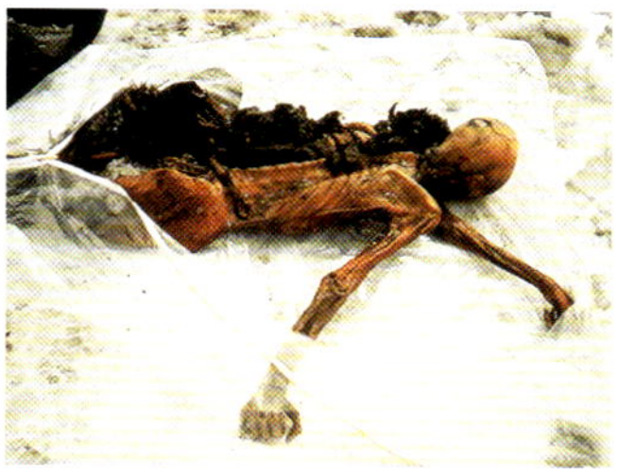

Ein Hubschrauber fliegt die Leiche nach Vent ins Ötztal. Dort wird sie in einen Sarg umgeladen und ins gerichtsmedizinische Institut der Universität Innsbruck überführt. Unterwegs wird in Sölden Halt gemacht, um das Beil mitzunehmen.

DIENSTAG, 24. SEPTEMBER
Sechs Tage nach seiner Entdeckung wird der Leichnam erstmals archäologisch begutachtet. Konrad Spindler, Professor für Ur- und Frühgeschichte an der Universität Innsbruck (Zweiter von links), erkennt das hohe Alter und die Bedeutung des Fundes. Schwärme von Reportern bevölkern die Gebäude der Universität; Anrufe aus aller Welt legen die Telefonleitungen lahm. Noch am selben Abend wird die Mumie in eine Kühlkammer des benachbarten anatomischen Instituts gebracht.

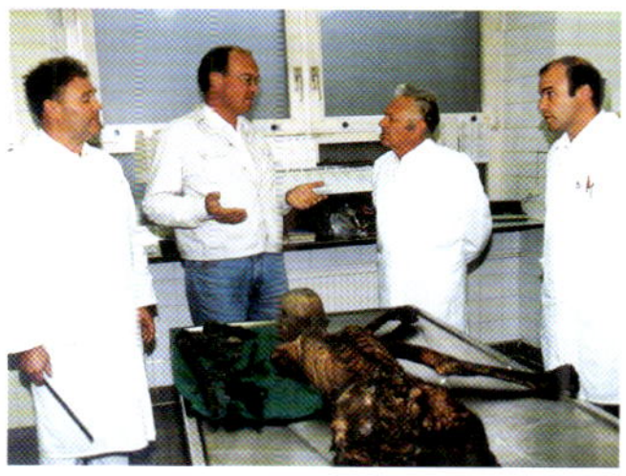

MITTWOCH, 25. SEPTEMBER
Gletscherforscher entdecken am Fundplatz den Köcher der Mumie. Eine erste archäologische Expedition bricht auf, muss aber wegen Schlechtwetters wieder umkehren. In Innsbruck treffen zwei Restauratoren des Römisch-Germanischen Zentralmuseums aus Mainz ein und beginnen mit ersten restauratorischen Vorsorgemaßnahmen.

DONNERSTAG, 26. SEPTEMBER
Eine Woche nach der Entdeckung wird die Wortschöpfung „Ötzi" geprägt.

FREITAG, 27. SEPTEMBER
Archäologen bergen ein Stück Rundholz, eine Schlehe, Heubüschel und Lederfetzen. Heftiges Schneetreiben vereitelt weitere Grabungen. Es verdichten sich Gerüchte, wonach die Fundstelle nicht auf österreichischem, sondern auf italienischem Staatsgebiet liegt.

MONTAG, 30. SEPTEMBER
In Wien beginnen die Beratungen über die ungeklärte Grenzfrage, den Restaurierungsort, die Gründung eines Forschungsinstituts und über archäologische Nachgrabungen.

DIENSTAG, 1. OKTOBER
Das Fundensemble wird als Denkmal unter Schutz gestellt.

MITTWOCH, 2. OKTOBER
Die Neuvermessung bringt Gewissheit: Ötzi lag auf Südtiroler Boden und damit auf italienischem Staatsgebiet. Ursprünglich glaubte man, die grenznahe Fundstelle liege auf österreichischem Boden, weil sie zum Inn hin entwässert. Im Jahr 1919 war nämlich die Wasserscheide vertraglich als Grenze zwischen Österreich und Italien bestimmt worden. Damals war die Fundstelle jedoch von einer 20 m hohen Schneeschicht bedeckt und so konnte der vorgesehene Grenzverlauf nicht exakt berücksichtigt werden.

4000 v. Chr.

3500 v. Chr.

3000 v. Chr.

2500 v. Chr.

4000 v. Chr.
Megalithgrab-Bestattung in Westeuropa

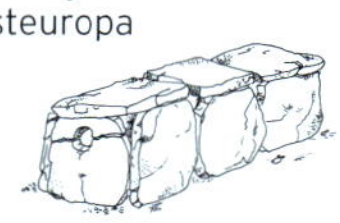

Besiedelung Alaskas durch Eskimos

um 3500 v. Chr.
Beginn der Kupferzeit in Mitteleuropa
Beginn der Bronzezeit in Vorderasien

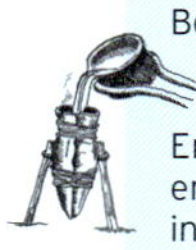

Entstehung der ersten Stadtstaaten in Mesopotamien

um 3350 v. Chr. bis 3100 v. Chr.
In den Alpen lebt Ötzi, der Mann aus dem Eis.

um 3000 v. Chr.
Reichseinigung unter dem ersten ägyptischen Pharao Menes; Entwicklung der Hieroglyphen; Kultivierung von Reis in China

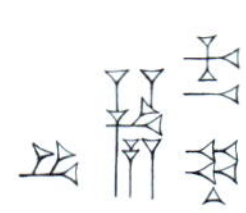

um 2900 v. Chr.
Entwicklung der Keilschrift in Mesopotamien; Erfindung des Rads im sumerischen Ur

um 2800 v. Chr.
Errichtung der Steinkreisanlage von Stonehenge in England

um 2500 v. Chr.
Bau der Großen Pyramide durch den Pharao Cheops in Ägypten

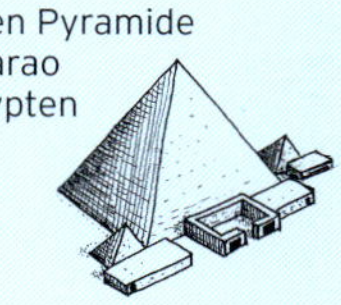

um 2300 v. Chr.
Beginn der Bronzezeit in Mitteleuropa

Chronik und Zeitleiste (Fortsetzung)

DONNERSTAG, 3. OKTOBER
Aufbruch zweier Delegationen: Eine begleitet die Überstellung der Beifunde nach Mainz – eine zweite begibt sich zum Hauslabjoch und beginnt mit der ersten archäologischen Nachgrabung, die allerdings bereits am 5. Oktober witterungsbedingt eingestellt werden muss. In diesen drei Tagen schmelzen die Forscher mit Dampfstrahler und Föhngerät Schnee und Eis und finden Ötzis Grasmantel, weitere Leder- und Fellreste seiner Bekleidung, Teile des Glutbehälters samt Inhalt, Teile des grobmaschigen Netzes, Schnüre, Holzsplitter und zwei abgesplitterte Halswirbelstücke eines Steinbocks.

20. JULI 1992
Beginn der Vorarbeiten für die zweite archäologische Nachgrabung: Nach dem schneereichen Winter 1991/92 müssen erst 2 m starke Restschneemengen weggeschaufelt werden. Die eigentliche archäologische Untersuchung beginnt am 10. August und dauert zwei Wochen. Zahlreiche Kleinfunde wie Gräser, Moos, Blätter, Holzkohlestücke, Haare, ein Fingernagel und Insektenteile werden geborgen. Bedeutende Großfunde sind die Fellmütze und das im Eis verbliebene Stück des im Vorjahr abgebrochenen Bogens.

SEPTEMBER 1991 BIS JANUAR 1998
Für zunächst drei Jahre – dann verlängert bis 1998 – erhält die Universität Innsbruck von der Südtiroler Landesregierung den Auftrag, die Gletschermumie zu konservieren und ein umfassendes Forschungsprogramm zu organisieren. Sechs Jahre lang verbleibt die Gletschermumie in den Kühlzellen des Instituts für Anatomie. Sie wird dort kalt und feucht gehalten und in mehrschichtiger Umhüllung konserviert: steriles Operationstuch,

eine Lage Crash-Eis, Plastikplane, Eispackung, Plastikfolie. Schaltstelle der Eismann-Forschung ist in dieser Zeit das eigens dafür gegründete Forschungsinstitut für Alpine Vorzeit.

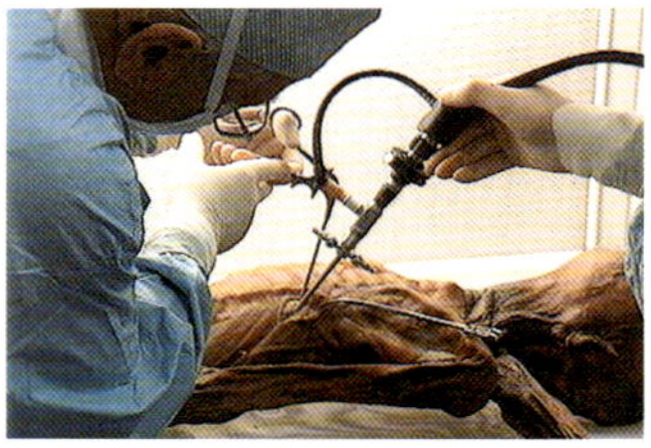

Aufgrund der Ergebnisse aus sechs Jahren wissenschaftlicher Forschungsarbeit lassen sich nun Ötzis Lebensumstände weitgehend rekonstruieren.

In das Forschungsprogramm der Universität Innsbruck sind über sechzig internationale Forscherteams eingebunden. Die Haare beispielsweise werden am Bundeskriminalamt in Wiesbaden und am Deutschen Wollforschungsinstitut in Aachen untersucht; Ötzis Fingernagel wird nach Chieti in Mittelitalien gebracht.

Über drei Jahre werden die Beifunde am Römisch-Germanischen Zentralmuseum in Mainz konserviert und restauriert. In den Werkstätten dieses renommierten Museums arbeiten unter anderem auch Spezialisten für Konservierungsfragen bei organischen Fundmaterialien.

2000 v. Chr.

1500 v. Chr.

1000 v. Chr.

500 v. Chr.

um 2000 v. Chr.
Indoeuropäische Völkerwanderung; Palastkultur auf Kreta

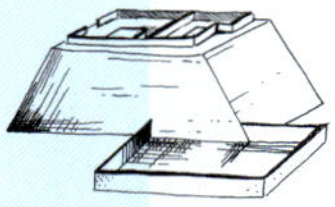

um 1000 v. Chr.
Erste Städte mit Tempelpyramiden in Zentralmexiko; griechische Besiedlung der kleinasiatischen Küste; Blüte der phönizischen Städte

um 500 v. Chr.
Perserkriege; Römische Republik; Buddha gründet seinen Mönchsorden.

um 400 v. Chr.
Griechische Klassik

um 300 v. Chr.
Alexander erobert Ägypten. Rom erlangt die Vormacht in Italien.

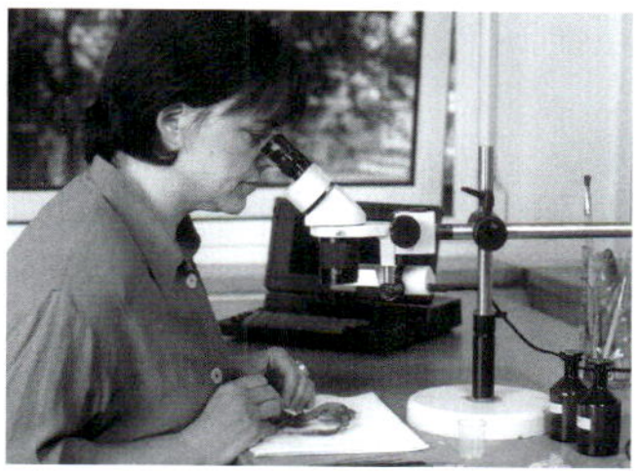

SEPTEMBER 1995 BIS OKTOBER 1997
Für die Südtiroler Landesregierung ist der einmalige Fund vom Hauslabjoch Anlass, die geplante Errichtung eines Südtiroler Archäologiemuseums voranzutreiben und darin der Gletschermumie einen prominenten und würdigen Platz einzuräumen. Zu Ötzis letzter Ruhestätte wird ein denkmalgeschütztes, ehemaliges Bankgebäude am Rande der Bozner Altstadt bestimmt.

16. JANUAR 1998
Ötzi und die Befunde werden unter großen Sicherheitsvorkehrungen aus dem Institut für Anatomie der Universität Innsbruck in das neu errichtete Südtiroler Archäologiemuseum nach Bozen überführt.

28. MÄRZ 1998
Das Südtiroler Archäologiemuseum wird feierlich eröffnet: Sein Herzstück ist die kleine Hightech-Kühlzelle, in der Ötzi ohne schützende Folien und ohne Crash-Eis-Verpackung, aber in pietätvollem und dezent gestaltetem Ambiente von Besuchern betrachtet werden kann.

JUNI 2001
Bei einer Routineuntersuchung in Bozen entdeckt man zufällig eine Pfeilspitze in Ötzis linker Schulter. Eine wichtige Frage rund um die Gletschermumie ist damit geklärt: Ötzi wurde umgebracht.

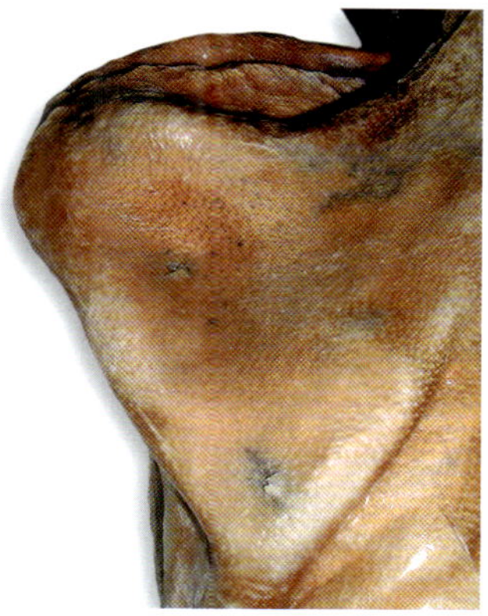

DEZEMBER 2003
Ötzis Kühlzelle wird zum „Iglu": Mit Eisplatten an den Wänden, neuer Beleuchtung und neuen Messgeräten kann die optimale Feuchtigkeit besser gehalten werden.

JULI 2010
Meilenstein in der Ötzi-Forschung: Am Institut für Mumien und den Iceman in Bozen gelingt es, das Zellkern-Genom zu isolieren. Die Entschlüsselung von Ötzis Erbgut beginnt.

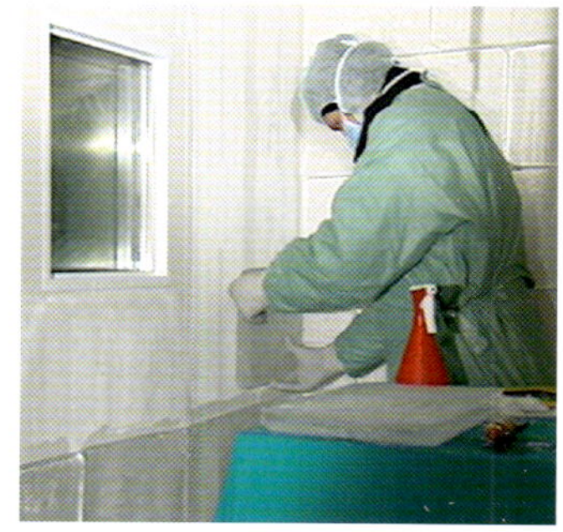

AB MÄRZ 2011
Zum 20. Jahrestag von Ötzis Entdeckung zeigt das Südtiroler Archäologiemuseum eine Sonderausstellung. Alle vier Stockwerke sind umgestaltet. Hauptattraktionen bilden Ötzis neue Rekonstruktion und ein Seziertisch, an dem die Besucher per Touchscreen die Mumie untersuchen können.

0 | **500** | **1000** | **1500** | **heute**

um Christi Geburt
Eroberung Galliens und Ägyptens durch die Römer

um 200
Ausbreitung des Christentums

um 300
Beginn der Aztekenkultur in Zentralmexiko; Klassik der Maya in Südmexiko

um 600
Tod Mohammeds

um 700
Verbreitung des Islam in Ägypten und des Buddhismus in Japan

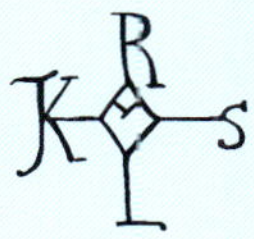

um 800
Karl der Große vereinigt den größten Teil Westeuropas. Blüte der arabischen Kultur

um 1150
Zeit der Kreuzzüge – die westeuropäische, die byzantinische und die islamische Kultur treffen aufeinander.

um 1350
Pest in Europa

um 1400
Beginn der Renaissance in Italien; Bau der Chinesischen Mauer; Aufstieg der Azteken in Mexiko und der Inka in Peru

1454
Gutenberg druckt die Bibel.

1492
Kolumbus erreicht Amerika.

um 1500
Reformation in Nordeuropa

1789
Französische Revolution

1914–1918
Erster Weltkrieg

1939–1945
Zweiter Weltkrieg

1969
Erste Mondlandung

Register

Bildnachweis

o = oben
m = Mitte
u = unten
l = links
r = rechts

Sämtliche nachstehend nicht ausgewiesenen Bilder wurden von Augustin Ochsenreiter im Auftrag des Südtiroler Archäologiemuseums gemacht.

Amt für Bodendenkmäler der Autonomen Provinz Bozen-Südtirol: 7 u, 8 um, 9 or, 10 ul, 10 ur, 10 ml, 10–11 mo, 11 ol, 11 m, 11 mr, 45 ol, 60/1 u, 62/2
Rolf Barth: 22 m
Bundeskriminalamt Wiesbaden (K. Kramer): 10 mru, 13 m, 62/4 o
Heike Engel (21 Lux): 58–59 (mit Ausnahme der Rekonstruktion), 63/4 u
Folio Verlag
- no.parking: 6 ul, 8 o, 43 or
- Othmar Seehauser: 49 o, 61/4 u

Stefan Galler, Universität Salzburg: 14 ul
Greenland National Museum, Nuuk: 55 or
Rainer Gothe/Heidrun Schöl, München: 13 ol
Fotolia/Carsten Stolze: 15 mr
Gerlinde Haid: 8 ml, 60/2 u
Institut für Röntgendiagnostik und Nuklearmedizin, Klinikum Konstanz (A. Beck): 54 mru
Landesgendarmeriekommando für Tirol: 7 ml, 9 m, 44 ml, 45 om, 60/1 o, 60/2 o
Madison Press (Jack McMaster): 49 ol bis ml
Ministero Beni Culturali Chieti: 50 o
Musei civici di Reggio Emilia (Virgilio Artioli): 51 ul
Museo Archeologico Nazionale, Chieti (Luigi Capasso): 10 m, 12 mr, 48 mru, 62/4 u
Musée de l'Homme, Paris: 54 m, 54 ul,
Werner Nosko: 61/2 o
Johan Reinhard: 55 ml
Jean-Loup Ringot 39 or
Römisch-Germanisches Zentralmuseum Mainz: 11 or, 20 um, 20 ul, 23 mru, 26 ml, 36 ol, 44 ul, 62/1, 63/1 o
Römisch-Germanisches Zentralmuseum Mainz/no.parking: 18 mr, 21 ur
Renate Rolle, Hamburg (nach Artamonov): 16 ul
Servizio antropologia del Ministero Beni Culturali, Chieti: 13 ur
Silkeborg Museum, Hovedgaarden, Silkeborg: 55 ur
Südtiroler Archäologiemuseum: 48 o, 48 ml
- Eurac/Samadelli/Staschitz: 13 mr
- foto-dpi.com: 56 ml
- Gruppe Gut: 17 m, 52 ul
- Josef Pernter: 63/1 u, 63/2 u
- Johanna und Katherina Putzer: 42 ol, Zeichnungen Zeitleiste
- Regionalkrankenhaus Bozen: 15 ol
- Marco Samadelli: 50 ol, 52 ol, 61/4 o, 62/3 o, 63/4 o
- Othmar Seehauser: 6 ml, 50–51 m, 63/2 o
- Sara Welponer/no.parking: 10 o, 18 m, 20 o, 21 om, 21 ol, 21 ml, 22 ml, 23 ul, 24 ul, 30 ml, 31 um, 32 ol, 38 om, 40 ol, 40 mlo, 40 ml, 40 mlu, 42 mr, 53 ur

Gudrun Sulzenbacher: 6 ol
Tappeiner Werbefoto & Verlag: Cover (Flugaufnahme)
Universität Innsbruck: 8 mr, 12 ul, 13 ml, 44 ol, 55 ol, 61/1 o, 62/3 u
- Andreas Blaikner/Michael Schick: Zeichnungen Vorsatz
- Helmuth Maurer: 15 or, 15 m
- Klaus Oeggl: 9 mo
- Dieter zur Nedden: 13 or, 14 o, 14 ml, 14 mr, 49 ul

Universität Leipzig, Ägyptologisches Institut/Ägyptisches Museum (Karl Heinz von Stülpnagel): 54 m, 54 ml, 54 mu
University of Alberta (Owen Beattie): 54 um
Uno Press: 60/3 u
Vienna Report: 8 ul, 9 ur, 60/4